GRöls Verlage

„Bücher sind wie Fallschirme. Sie nützen uns nichts, wenn wir sie nicht öffnen."

Gröls Verlag

Redaktionelle Hinweise und Impressum

Das vorliegende Werk wurde zugunsten der Authentizität sehr zurückhaltend bearbeitet. So wurden etwa ursprüngliche Rechtschreibfehler *nicht* systematisch behoben, denn kleine Unvollkommenheiten machen das Buch – wie im Übrigen den Menschen – erst authentisch. Mitunter wurden jedoch zum Beispiel Absätze behutsam neu getrennt, um den Lesefluss zu erleichtern.

Um die Texte zu rekonstruieren, werden antiquarische Bücher von Lesegeräten gescannt und dann durch eine Software lesbar gemacht. Der so entstandene Text wird von Menschen gegengelesen und korrigiert – hierbei treten auch Fehler auf. Wenn Sie ebenfalls antiquarische Texte einreichen möchten, finden Sie weitere Informationen auf www.groels.de

Viel Freude bei der Lektüre wünscht Ihnen das Team des Gröls-Verlags.

Adressen

Verleger: Sophia Gröls, Im Borngrund 26, 61440 Oberursel

Externer Dienstleister für Distribution & Herstellung: BoD, In de Tarpen 42, 22848 Norderstedt

Unsere „Edition | Werke der Weltliteratur“ hat den Anspruch, eine der größten und vollständigsten Sammlungen klassischer Literatur in deutscher Sprache zu sein. Nach und nach versammeln wir hier nicht nur die „üblichen Verdächtigen“ von Goethe bis Schiller, sondern auch Kleinode der vergangenen Jahrhunderte, die – zu Unrecht – drohen, in Vergessenheit zu geraten. Wir kultivieren und kuratieren damit einen der wertvollsten Bereiche der abendländischen Kultur. Kleine Auswahl:

Francis Bacon • Neues Organon • **Balzac** • Glanz und Elend der Kurtisanen • **Joachim H. Campe** • Robinson der Jüngere • **Dante Alighieri** • Die Göttliche Komödie • **Daniel Defoe** • Robinson Crusoe • **Charles Dickens** • Oliver Twist • **Denis Diderot** • Jacques der Fatalist • **Fjodor Dostojewski** • Schuld und Sühne • **Arthur Conan Doyle** • Der Hund von Baskerville • **Marie von Ebner-Eschenbach** • Das Gemeindekind • **Elisabeth von Österreich** • Das Poetische Tagebuch • **Friedrich Engels** • Die Lage der arbeitenden Klasse • **Ludwig Feuerbach** • Das Wesen des Christentums • **Johann G. Fichte** • Reden an die deutsche Nation • **Fitzgerald** • Zärtlich ist die Nacht • **Flaubert** • Madame Bovary • **Gorch Fock** • Seefahrt ist not! • **Theodor Fontane** • Effi Briest • **Robert Musil** • Über die Dummheit • **Edgar Wallace** • Der Frosch mit der Maske • **Jakob Wassermann** • Der Fall Maurizius • **Oscar Wilde** • Das Bildnis des Dorian Grey • **Émile Zola** • Germinal • **Stefan Zweig** • Schachnovelle • **Hugo von Hofmannsthal** • Der Tor und der Tod • **Anton Tschechow** • Ein Heiratsantrag • **Arthur Schnitzler** • Reigen • **Friedrich Schiller** • Kabale und Liebe • **Nicolo Machiavelli** • Der Fürst • **Gotthold E. Lessing** • Nathan der Weise • **Augustinus** • Die Bekenntnisse des heiligen Augustinus • **Marcus Aurelius** • Selbstbetrachtungen • **Charles Baudelaire** • Die Blumen des Bösen • **Harriett Stowe** • Onkel Toms Hütte • **Walter Benjamin** • Deutsche Menschen • **Hugo Bettauer** • Die Stadt ohne Juden • **Lewis Caroll** • *und viele mehr….*

Heinrich Mann

Der Haß

Inhalt

Vor der Katastrophe.
Das Bekenntnis zum Übernationalen

I. Ablauf eines Zeitalters

Racine fühlte, lebte und schrieb in völliger Einigkeit mit dem Reich Ludwigs des Vierzehnten, seinen Handlungen, seinen geistigen Grundlagen. Er hing von der Gunst des Königs ab, aber empfangen wurde sie mit dem besten Gewissen, und erst nachdem sie ihn verlassen hatte, verlor er auch sich selbst. An dieser Zerreißung der inneren Übereinstimmung, mehr als an enttäuschtem Ehrgeiz, starb er.

Goethe sprach: „Wodurch ist Deutschland groß, als durch eine bewundernswürdige Volkskultur, die alle Teile des Reiches gleichmäßig durchdrungen hat? Sind es aber nicht die einzelnen Fürstensitze, von denen sie ausgeht und welche ihre Träger und Pfleger sind?" Er war für die Eigenstaatlichkeit der sechsunddreißig Länder. Bestehende Machtverhältnisse empfand er nicht im Gegensatz zur eigenen Aufgabe. Seine schöpferische Kraft kannte Antriebe jeder Art, aber der geringste unter ihnen war der Widerspruch gegen die herrschende Welt; oder er ließ doch den Widerspruch so wenig wie möglich einwirken auf sein Genie. Natürlich war er nicht restlos Klassiker wie Racine.

Der klassische Friede zwischen der Wirklichkeit und dem Gedanken war immer schwerer zu schließen. Das Reich jedenfalls, das 1871 anfing, hat ihn nie erlebt, keinen Augenblick, weder als es Kaiserreich noch als es Republik war. Hauptsächlich darum verfiel es dann auch endlich der Diktatur. Die Diktatur ist der gegebene Zustand für gesellschaftliche Gebilde, in denen Gedanke und Wirklichkeit einander überhaupt nicht mehr kennen. Es ist nachgerade so weit gekommen, daß es nur ein Entweder-Oder gibt. Wem gehört die Zukunft, wer wird sie gestalten eine [illegible]alt, die sich zum Schein auf abgelebte Ideen beruft, aber es genügt [illegible]walt ist? Oder das bessere Wissen der Lebenden? Das [illegible]her noch entschlußlos. Die Gewalt fürchtet es und treibt sich selbst auf die Spitze. Das zwingt zuletzt das bessere Wissen, Ernst zu machen. Ein anderer Ablauf der Dinge wurde selten festgestellt.

Die Wirklichkeit des Reiches von 1871 hat nie anders ausgesehen, als die Vorbereitung auf den Krieg aussieht. Es war Rüstung, und nach der Niederlage war es der immer lautere Ruf nach Wiederaufrüstung. Es war die künstliche Erhaltung eines fortwährend lebensunfähigen Großgrundbesitzes. Es war die Verschwörung des Staates mit den Konzernen, mit der Klasse der Verdiener, die Abneigung des regierenden Personals, irgend etwas unmittelbar mit dem Volk zu tun zu haben, sein Widerwille, irgend jemand einzulassen in den geschlossenen Kreis der wirtschaftlichen und politischen Mitschuldigen – dies nach 1918 wie vorher. Keine geistige Kontrolle zugestehen über das öffentliche Geschäft, das in den Hauptsachen streng verschwiegen war, vorher wie nachher!

Der unveränderten Wirklichkeit gegenüber blieb auch der Gedanke im Grunde sich selbst gleich, 1890 wie 1930. Der Gedanke hat fortwährend bestanden auf der Sicherung – nicht der Grenzen und Herrschaftsgebiete, die ihm nur gleichgültig sein können, sondern des Lebens. Es sollte unter weniger Schmerzen gelebt werden, an der Idee der Gerechtigkeit sollte das Leben endlich gemessen werden, und die Masse der Menschen sollte nicht mit ihrem unwiederbringlichen Leben die Fehler und die Interessen ganz weniger bezahlen.

Das Jahr 1890 erstrebte die Lösung aller Fragen vom Sozialen her. Gegen 1930 wurde daran gearbeitet, auf internationalem Wege an ein vorläufiges Ziel zu kommen. Es ist niemals in greifbare Nähe gelangt, trotz einigen Hoffnungen, und heute scheint es ganz fern. Der Grund ist, daß die Kraft und die Ehrlichkeit des Denkens ihren tiefsten Stand erreicht und nächstens überschritten haben. Der Grund ist auch, daß die ehrlichen Bemühungen immer weniger gern gesehen werden und daß sie Gefahr bringen – weit größere als früher, je mehr die Wirklichkeit und ihre Mächte verkommen.

Denn es ist nicht so, daß der schlimmste Feind des Gedankens eine machtvolle Wirklichkeit wäre. Erbittert und unduldsam wird die

Wirklichkeit vielmehr, wenn sie anfängt, Boden zu verlieren. Ein Reich, das gerade erst gesiegt hat, läßt in seiner Überfülle auch dem einsamen Denker einiges hingehen. Ein Reich dagegen, das sich vor dem Chaos in die Diktatur flüchtet – es erstreckt seine Säuberungsaktionen auf den Gedanken und gerade auf ihn.

Im Bismarckschen Reich gab es ein Sozialistengesetz, aber nicht einmal im entferntesten gab es den Begriff des Kulturbolschewismus. Von der Seite der Denkenden fühlte das Reich sich nicht bedroht. 1894 erschien das Werk Darwins in der billigen Ausgabe bei Reclam und begann das gesamte öffentliche Bewußtsein zu durchdringen. Auch in die Schulen fand sein Geist und galt nicht für unerlaubt. In zwei aufeinanderfolgenden Lehrstunden konnte die biblische Schöpfungsgeschichte gelesen und die natürliche Entwicklung der Arten vorgetragen werden; man ließ es darauf ankommen, welche Anschauung sich stärker erwies.

Die geistige Grundlage eines so kriegerischen Reiches durfte, genau genommen, einzig der Glaube an Autorität und Macht sein. Gott bürgt für die Herrschenden, Gott gibt ihnen Macht über euch, und auch das Leben habt ihr nur, damit sie darüber verfügen. Das wäre das Richtige gewesen. Dennoch versuchte Wilhelm der Zweite vergeblich, für seine Person die Doktrin ganz ernst zu nehmen; er wirkte verspätet. Die Geistesfreiheit war in das Reich mit übernommen worden vom Tag seiner Gründung an. Die Geistesfreiheit und die geistig unkontrollierte Macht, beide behaupteten ihren Platz im Reich. Man könnte sogar meinen, daß jede der beiden für die andere einstand.

Dies betrifft nicht die Denker und die Dichter, die wichtigsten haben das kriegerische Reich gerade auf seiner Höhe durchaus als fragwürdig betrachtet. Ihm angepaßt, freudig angepaßt, waren gleichwohl jene Politiker und Parteien, die ihr ganzes Recht doch nur aus dem Gedanken schöpften; die Demokratie nahm schon damals die Gewohnheit an, Erkenntnisse zurückzustellen um der unverzüglichen Vorteile willen. Der Streit der Sozialdemokratie mit der herrschenden Macht wurde dadurch beendet, daß sie ihre Sozialgesetzgebung bekam, und im Wege des Ausgleichs wurde sie eine nationalistische Militärpartei wie jede andere.

Sie wurde es in ihrem Innern, bei äußerer Opposition. Sie gewöhnte sich, dem Nationalen heimlich den Vorrang zu geben, sogar vor jedem sozialen Anspruch. Ihren internationalen Kundgebungen präsidierten Unglaube und schlechtes Gewissen. Wäre es so nicht gewesen zur Zeit des Kaisers, dann wäre es auch nachher anders gekommen mit der Republik.

Übrig ist die Erinnerung, daß die neunziger Jahre eine gute Gelegenheit der reinen Geistigkeit waren. Man gab sich nicht die unehrenhafte Mühe, zu rechtfertigen, was geistig unhaltbar war. Man wußte, daß der Handelnde unsittlich war, und liebte die politisch Handelnden, die man vor Augen hatte, um so weniger. Man stand auf seiten der Leidenden, mit dem Verstand, mit dem Gefühl. Der Dichter, der damals aufstieg, Hauptmann, verdankte das Beste seiner Gabe mitzuleiden.

Um 1900 verringerte sich bei den Denkenden die menschliche Teilnahme. Man nennt sich dann gern unpolitisch. Was dafür eintrat, war Schönseligkeit – die nicht wertlos ist, sie hat auch große Werke ermöglicht, sie würde Kraft des Charakters nicht ausschließen. Gefährlich wurde eine Kombination, bestehend aus Ästhetizismus und der Bezweiflung der Vernunft. Die Vernunft hatte fast das ganze neunzehnte Jahrhundert hindurch zu groß dagestanden, noch länger wurde es einfach nicht ertragen. Die Gottlosigkeit des gebildeten Bürgers und der arbeitenden Masse war zu selbstverständlich geworden. Wenn die Naturwissenschaft schließlich fast den ganzen Raum der Religion mitsamt der Philosophie einnahm, schien ihre Stellung angemaßt. Der große Helmholtz war vorsichtig gewesen, er hatte jedesmal an den Beginn seiner Vorlesungen ein einschränkendes Wort gesetzt; es besagte: wenn die Natur überhaupt erkennbar sei –.

Das verhinderte nicht, daß die mittleren Intelligenzen sie als restlos verständlich voraussetzten, denn sie waren keine Philosophen mehr, wie noch Helmholtz. Viel eher hatten sie am Ausgang des Jahrhunderts für alle Metaphysik nur Mißachtung und Gelächter. Man muß das gesehen haben: vor dem Sieg Nietzsches stellte jeder mitlebende Philosoph den mittleren Intelligenzen einen veraltenden oder abseitigen Typ dar, und für Geschwätz wurde genommen, was später als Denken, dem naturwissenschaftlichen gleichberechtigt, wiederentdeckt werden mußte – so im Falle Wilhelm Diltheys. Auf diese Verarmung des Denkens erfolgte um 1900 der Gegenschlag; nur war leider nicht durchaus die Bereicherung des Denkens gemeint. Man bemühte sich, es überhaupt zu entwerten. Wozu sonst legte man alles Gewicht auf das Irrationale.

Wir haben nur unsere Vernunft, und selbst was wir von unseren unbewußten Abgründen ans Licht ziehen, wird erreichbar nur durch unsere Vernunft. Kunst vor allem gibt es nicht ohne vernünftiges Denken. Die Anschauung wird erst lebendig, wenn sie durchdacht ist. Gestaltung ist eine besonders sinnliche Form des Denkens – nicht als ob seine anderen Formen unsinnlich wären. Aber der Gegenschlag gegen den Intellektualismus bediente sich der Kunst auch nur als des auffallendsten, wenn auch falschen Beispiels für das Irrationale in allen großen Mächten des Lebens. Die Unterlegenheit der Vernunft wurde ebensowohl betont hinsichtlich der triebmäßigen, tiefen Bereiche, die Nation, Traum, Krieg, Liebe heißen sollten.

Die neue Wendung des Geistes von 1900 verdient Achtung, solange sie Forschung ist und der Erkenntnis neue Quellen öffnet. Sie hat keinen Anspruch auf Nachsicht, sobald sie dem Denken andere Mittel des geistigen Erlebens entgegenhält. Diese nennt man Gefühl oder Ahnung, es bleibt aber immer das Nichtdenken. Einen anderen Gegensatz als das Nichtdenken kennt das Denken nicht. Das ist auch vollkommen begriffen worden von der gesamten Mittelmäßigkeit. Denn was die Vornehmen erfinden, bekommt erst seinen schließlichen Sinn, wenn es bei den Kleinen anlangt. Die haben gewittert: jetzt geht es uns gut! Das Vernünftige muß redlich erarbeitet werden, aber das Irrationale hat jeder von selbst. Es hat immer die Neigung, sich auszubreiten und alle die so ungesicherten Bauten der Vernunft hinwegzuschwemmen. Die Wiedereinführung des Irrationalen war die gute Gelegenheit der menschlichen Schwäche, sich gehenzulassen, sich auszuverschenken an Instinkte, die nicht nachgeprüft werden, weil sie tief sind, und nicht nachgeprüft werden dürfen, weil ihre Tiefe sie heiligt.

Nur so hat die entscheidende Bewegung dieses halben Jahrhunderts, der Nationalismus, weiterlaufen können bis ins Äußerste und darüber hinaus. Der vierjährige Krieg schien wahrhaftig das letzte, was der Nationalismus leisten konnte; aber die Muskeln des Amokläufers haben seither nicht gelitten, und sein Schwung hat zugenommen. Er kann nicht früher zum Stillstand kommen als beim Abschluß des irrationalen Zeitalters. Denn das hat ihn zu seinen Taten erst reif gemacht; und es dauert, es dauert –!

Die geistige Haltung des öffentlichen Körpers verändert sich mit furchtbarer Langsamkeit. Wenn ihre Unerträglichkeit allseitig feststände, sie behielte noch lange ihr herkömmliches Recht. Ja, der öffentliche Körper macht von einer gewissen geistigen Haltung erst dann den abscheulichsten Gebrauch, wenn sie im Grunde vorbei ist. Das ist der heutige Fall des Irrationalismus. Man weiß, daß er vorbei ist, alle Tatsachen des Lebens sind gegen ihn. Man weiß, aber will nicht wissen. Der öffentliche Körper und seine barbarische Langsamkeit erdrücken das Bewußtsein der einzelnen.

Das neunzehnte Jahrhundert, eine große Zeit des Denkens, mußte absteigen und sich verflachen, bis jeder kleinste Monist persönlich die ewigen Rätsel überwunden hatte. Dann wurde endlich die Geisteshaltung des alten Jahrhunderts beendet, und Mißachtung traf mit der Vernünftelei auch gleich die Vernunft. Die seitdem heraufgekommene Unvernunft hat sich erhoben zu den großartigsten Katastrophen. Zuerst ein geistiger Umschwung, dann ein Ereignis! Das Irrationale – und erst nach seinem Durchbruch der Krieg. 1890 wäre er auf alle Fälle aufgehalten worden; wenn durch sonst nichts, dann durch den herrschenden Intellektualismus. 1914 hatte sich die Unvernunft hoch genug aufgeschwungen.

1932 ist der Irrationalismus seinerseits klein und niedrig geworden. Er hält noch immer die ganze Wirklichkeit besetzt, er wäre auch für die Wiederholung der Katastrophe; aber darin widersteht die Wirklichkeit ihm schon. Die Welt ist für den Krieg zu schwach geworden, obwohl ihre Unvernunft ihm gerade jetzt durchaus genügen würde. Statt dessen erhält sie sich in Unordnung, Elend und Haß, wie wir wissen. Wir fühlen auch, daß inmitten dieses Chaos das Zeitalter des Irrationalismus früher bis an sein Ende laufen wird, als wenn noch Krieg sein könnte. Der letzte Abschnitt jedes geistigen Zeitalters ist der lauteste. Man trumpft noch einmal auf, heimlich beschlichen von der Verzweiflung. Dann ruft 1932 irgend jemand in den Sender: Das intellektuelle Denken lehnen wir ab! Allerdings. „Wir" kämen sonst auch in Verlegenheit. Das „intellektuelle Denken" ist lange nicht geübt worden, und damit müssen andere anfangen.

Das Zeitalter des Irrationalen wird gegen 1940 ablaufen. Die Vernunft darf sich vorbereiten, wieder einzuziehen.

II. Unfall einer Republik

Die deutsche Republik von 1918 ist in die dichte Mitte eines irrationalen Zeitalters hineingestellt worden. Von Anfang an hatte sie es schwer, zu atmen und zu leben. Eine Aufgabe der höchsten Vernunft, aber eine Atmosphäre keuchender Leidenschaften, die vom Krieg nur ermüdet, nicht gesättigt sind: das war die Lage der entstehenden Republik und ist ihre Entschuldigung, wenn sie unterlegen ist. Niemand hat damals und später etwas anderes von ihr verlangt, als daß sie das zusammmengebrochene Kaiserreich ablöste und es mit ihren schwächeren Kräften ersetzte. Die bisherigen Feinde machten nur die Bedingung, daß sie ungefährlich sei. Die Deutschen waren schon zufrieden, wenn nur das Reich blieb.

Aber jede neue Republik erhält innere Berechtigung als Erscheinungsform eines durchaus neuen geistigen Zustandes. Es genügt nicht, daß sie neu ist für das einzelne Volk, das es gerade mit ihr versucht, und eine verspätete Nachahmung der „westlichen Demokratien" rechtfertigte keineswegs die deutsche Republik. Sie hatte den Inhalt ihrer Zeit aufzunehmen, ihn sogar vorwegzunehmen. Das Geringste wäre gewesen, wenn sie soziale Fortschritte verwirklichte. Ganze Parteien des Landes hatten Jahrzehnte damit verbracht, solche Fortschritte zu fordern und sie vorzubereiten. Als es soweit war, geschah freilich nichts – schlimmer als nichts. Der fideikommissarisch gebundene

Großgrundbesitz, dieser Rest einer überlebten Wirtschaftsepoche, ist mit Hunderten von Millionen unterstützt worden von Regierungen der Republik, die Verrat begingen an ihrer Sendung.

Diese Republik erfüllte nicht einmal im Sozialen ihre selbstverständliche Pflicht, um so weniger handelte sie zeitgemäß im Internationalen – und doch war ihr als eigenste Sendung mitgegeben: Völkerversöhnung. Das überhaupt wichtigste, weil neueste Wort der Weimarer Verfassung beruft den Geist der Völkerversöhnung. Die deutsche Republik würde als erste daran gearbeitet haben, und ihre Tat wäre niemals wieder aus der Welt verschwunden. Sie hätte es den Menschen leichter gemacht, und obwohl in der Geschichte bis jetzt nur die verzeichnet werden, die es ihnen besonders schwer gemacht haben, war der Platz schon angewiesen, wo die Namen der Führer zum Frieden stehen sollten. Sie kommen in jedem Fall, ob früher oder später; und wären sie rechtzeitig aufgetreten, dann hätten sie der Welt, besonders diesem Weltteil, diesem Land, den größten Teil seines heutigen Leidens erspart. Die deutsche Republik hätte die Führer zum Frieden stellen sollen, und auf die Einigung Europas hinzuarbeiten, war ihr Anteil am Unvergänglichen. Dieser Begriff eines Staates von sich selbst wäre in der Gegenwart ihre Größe und wäre ihr geschichtlicher Ruhm geworden. Natürlich sind das Träume und vergebliche große Worte.

In der Wirklichkeit ist nur zu verwundern, wie die paar Buchstaben von der Völkerversöhnung in die Weimarer Verfassung überhaupt hineingekommen sind. Es muß die kurze Selbstbesinnung des Besiegten gewesen sein. Mancher ahnt nach einer der Katastrophen seines Lebens, daß er zu einer Wandlung berufen wäre; aber niemand erlaubt sie ihm, die anderen sehen ihn als das an, was er immer war, und auch er selbst glaubt nicht im Ernst an seinen neuen Menschen. So die Republik von Weimar. Ihre guten Vorsätze rührten aus unzusammenhängenden Antrieben, der Geist der Zeit verband sie untereinander nicht; sie blieben vereinzelt, unwirksam und wurden vergessen, kaum daß sie aufgeschrieben waren.

Übrigens war soeben der Friede von Versailles geschlossen worden, und dieser war notwendig ein Erzeugnis desselben Nationalismus, der vorher die Völker reif für den großen Krieg gemacht hatte. Wären die Staatsmänner von Versailles fähig gewesen, einen anderen als einen nationalistischen Frieden zu diktieren, dann wäre offenbar gar nicht erst Krieg gewesen. Die Deutschen ihrerseits vergaßen es den Gegnern nie, daß sie im Augenblick des Friedens noch dieselben Menschen des Krieges waren. Das erschütterte noch mehr ihren eigenen, schwachen Entschluß, es nicht mehr zu sein. Die Mehrheit der Deutschen hat es nicht zur Kenntnis genommen, wenn die anderen seither doch wohl einiges abließen von ihrem Nationalismus. Ihren eigenen trieben sie allmählich auf eine Höhe wie im Kriege und darüber noch hinaus; dies alles aber in einer Republik, deren Sinn sie nicht verstanden, obwohl sie ihn aufgeschrieben hatten: Völkerversöhnung.

Der nationalistische Auftrieb geschah nicht gegen die Republik, sondern mit ihr; das ist die Wahrheit, was auch immer sonst behauptet wird. Die Republik hat nur wenige Tage ihres Lebens anders gehandelt als das vorige, kriegerische Reich gehandelt haben würde nach einer unfreiwilligen Verkürzung seiner Machtmittel; und den Versuch, anders zu handeln, machte ein einzelner, Stresemann. Die endgültige Einigung mit Frankreich war in erreichbare Nähe geholt worden von diesem einzelnen Mann. Aber nichts folgte. Die Nation im ganzen stand nicht hinter ihm, die Parteien duldeten ihn nur gerade, und über das sofort Nutzbringende hinaus wurde sein Ziel nicht ernstlich zur Kenntnis genommen. Davon kam sogar seine eigene Aufrichtigkeit ins Schwanken. Als er gestorben war, an seiner Verlassenheit noch früher als an der Krankheit, wurde der Verständigung nie mehr entgegengeschritten, nur immer zurück. Kein Wort oder Gedanke der Verbundenheit für den guten Willen, der auf vertragliche Rechte verzichtet hatte; dafür die Erhebung neuer Ansprüche die alle mehr oder weniger zu erlangen wären, aber doch nur wieder vom guten Willen des anderen; und nicht an ihn hat man sich gewandt, sondern an die eigene, fortwährend höher gespannte, nationale Erregung – die schon Krieg ist, insofern ein Seelenzustand ihn ersetzt.

Der Krieg erhält sich in dem Denken heutiger Zivilisierter nicht als sichere Tatsache, der sie sich gewachsen fühlen. Er ist eine Zwangsvorstellung, und sie werden sie nur aus Ermüdung nicht los. Das Entsetzen würde sie in den Krieg treiben und nicht ihr Selbstvertrauen. Je weniger sie aber im Grunde von sich halten, um so heftiger ihr Haß auf einen anderen. Wir können nicht kämpfen, wir wollen wenigstens hassen! Wir können nicht einmal mehr unser Leben verdienen, außer wir versöhnen uns mit euch. Daher habt ihr alles verschuldet, und wir hassen euch! So sieht der Haß mancher Deutschen auf Frankreich aus, und von ihnen sind mehr in entfernten Teilen des Landes als nahe der Grenze. Der Nationalhaß darf seinem Gegenstand nicht in Person begegnen, es nähme ihm etwas von der Unwissenheit, die er braucht. Stände nicht das Gegenteil fest, der Nationalhaß sähe aus wie ein Überrest aus den Zeiten der langsamen Verkehrsmittel und unzulänglichen Informationen; – aber damals war er maßvoll, verglichen mit dem, der jetzt in den künstlich verdunkelten Köpfen festsitzt. Ein armes Einzelwesen aus der Menge haßt erstens den Konkurrenten von der Straßenecke und zweitens ein fremdes Volk, das heißt Millionen Menschen, ihre Vorgänger, ihr Erleben, Schaffen und Schicksal seit tausend Jahren. Ein wahrhaft angemessener Gegenstand für den Feind des Eckladens! Da hat er seinen zweiten Feind und kennt ihn zu seinem Glück noch etwas weniger als den Eckladen, aus dem er wenigstens Klatsch weiß. Nur so läßt sich ungestört hassen.

Aber der Nationalhaß, das leerste, unverstandenste, unerlebteste aller Gefühle, macht manchmal Geschichte und für täglich immerhin das Wetter. Die Regierenden haben es ihm, auch in der Republik, nicht nur erlaubt; sie haben den Nationalhaß benutzt und noch angetrieben, sobald Gründe der inneren Machtverteilung dafür sprachen. Den nationalsten von ihnen kam es bei allem auf die Macht im Innern an – mehr jedenfalls als den Republikanern. Die waren als Inhaber des Staates nur schwach überzeugt von sich selbst, waren ohne republikanische Ideologie, und daher fürchteten sie die der anderen, den Nationalismus. Nur darin nicht zurückbleiben! Infolge ihrer angstvollen Hochachtung vor dem Nationalismus regierten die Republikaner fast immer zusammen mit

Reaktionären oder abwechselnd mit ihnen und voll Rücksicht auf sie. Gerade deshalb haben die Reaktionäre sich endlich alle Macht genommen und dulden im Staat nur noch die Ihren, das ändert nichts. Alle republikanischen Reden haben aufgehört, das ist der bemerkenswerteste Unterschied. An der Spitze der Verwaltung sind keine Minister mehr angebracht, um von Zeit zu Zeit das Wort Republik auszusprechen, ohne daß sie von seinem Sinn jemals durchdrungen gewesen wären. Das ändert nichts, da unterhalb der Minister niemals, keinen Tag lang, eine gründlich republikanische Verwaltung bestanden hat. Man muß einen hohen Beamten, der Republikaner war, erzählen gehört haben von seiner Kampfstellung die ganze Zeit, wie vereinzelt, unterwühlt, immer im tapferen Gegensatz zu den feindlichen Ränken der eigenen Untergebenen er gelebt hat; – und zur gleichen Stunde war im Lande ein Wort in Übung gekommen, das die Republik geehrt hätte, wenn es wahr gewesen wäre: System. Es gab kein System!

Schlimmer, das herrschende System war das gebrauchte, abgenutzte, das die Republik vorgefunden hatte, dieselbe Vorbereitung auf immer denselben Krieg, die unveränderte Ungerechtigkeit zugunsten von Erwerbsständen, die nichts nachließen, und von Klasseninteressen mit unversöhnlichen Ansprüchen. Die Justiz war nie republikanisch, das sah jeder; die Reichswehr war es nicht, die Universitäten. Kein Teil der Verwaltung wurde republikanisch durchdrungen, am wenigsten das Auswärtige Amt. Offene Gegenrevolutionäre von 1919 sind darin sitzen geblieben, und unbeanstandet hat dies Amt gegen die Republik weitergearbeitet. Anscheinend wurde nur niemals der einfache Schluß gezogen, daß Regierungen, die es damit gut sein ließen, selbst nicht tief überzeugt gewesen sein können, weder von der Republik noch von ihrem eigenen Recht. Die Regierungen der Republik haben sich allenfalls benommen wie Schauspieler auf einer Probe, aber nicht, als ob es Abend und ernst wäre. Sie markierten nur, wie man einen Staat verteidigt und behauptet. Bis zur entscheidenden Aufführung des Stückes sind sie dann auch gar nicht erst gekommen.

Unernst und unüberzeugt, wie sie waren, mußten sie vertuschen. Vor Enthüllungen über Staatsfeinde im Staat stellte sich jeder Minister. Jedes republikanische Ministerium trat zurück, wenn es sich offen republikanisch zu entscheiden gehabt hätte. Es machte den erklärten Feinden der Republik bereitwillig Platz, sogar, wenn jene keine Mehrheit hatten. Mögen die nur zeigen, was sie können! Sollten sie wirklich fertig werden mit der Republik, dann sind nicht wir Minister und wir Parteien verantwortlich: die Demokratie ist es. Da haben wir das rettende Wort! Die Demokratie verleiht jedem gleiche Rechte, auch denen, die sie beseitigen wollen! Müssen wir durchaus ein republikanisches Gesetz erlassen, dann nehmen wir in die Regierung um so eher Reaktionäre auf, damit wir gedeckt sind. Her mit unseren lieben Reaktionären! Sie müssen so oft als möglich dabei sein, wenn gerade nicht im Kabinett, dann im Salon, auf unseren Festen! Kein offizielles Essen, bei dem sich nicht alle wieder zusammenfanden. Der Reichskanzler, der sich parteilos genannt hatte, weil er nicht nur gegen das Wesen, sondern sogar gegen die Form des Staates gewesen war, saß neben seinen republikanischen Kollegen. Der Reichskanzler der Inflation, der Reichskanzler, der die 700 Millionen der ersten amerikanischen Anleihe sofort an die Schwerindustrie weitergegeben hatte: alle in hohen Stellungen, alle dabei. Immer dieselbe Gesellschaft, ausgeschlossen blieb, wer nicht regiert hatte in der Republik, sondern für sie nur dachte und kämpfte. Der Schriftsteller, der einiges dafür tat, die Republik mit ihrem eigenen Sinn zu erfüllen, genoß nicht einmal den Vorteil des Republikschutzgesetzes; er war nicht die öffentliche Person, wie der kleinste Landesminister. Kein System, aber ein Klüngel!

Niemals haben die Republikaner sich sicher gefühlt in ihrem eigenen Staat. Das regierende Personal aber stellte sich unentwegt, als brauchte es nur zu verwalten, nicht zu sichern, nicht zu führen. Das Höchste war, den Ruf zu haben als guter Verwalter – der Gewerkschaften oder der Schutzpolizei. Als aber beide die Republik hätten retten sollen, wurden sie gar nicht beansprucht. Dieser ganz unerprobte Staat hat Erscheinungen gezeitigt, wie eine sehr alte Demokratie, die leichtfertig wird, als ob ihr überhaupt nichts geschehen könnte, weil die letzte Entscheidung der Wahlzettel bleibt. Über diese ist auf andere Art entschieden worden, wie man weiß.

Wo alle dieselbe Denkart haben, wird auf die Dauer das Geschrei siegen. Die Minister der Linken waren wahrhaftig Nationalisten, sie ahnten gar nicht, daß man etwas anderes sein könne. Sie versäumten aber, mit ihrem abgenutzten Bestand noch groß aufzutrumpfen, und nur so kann er gerettet werden über seine Zeit hinaus. Die Rechtsregierungen waren, wie gewöhnlich, die unbedenklicheren; sie lenkten alle Aufmerksamkeit auf das Nationale, damit sie in seinem Schutz die soziale Reaktion durchbrächten. Als Reaktion und Nation in den Köpfen zur Einheit geworden waren, konnte endlich der Nationalsozialismus ausbrechen, die große neue Bewegung, die Bewegung des Stillstandes, die Neuheit einer Alterserscheinung, der Anspruch der Krüppel und der Leeren auf großen Um- und Auftrieb.

Dennoch ist eine Volksbewegung nicht lange nur das Werkzeug von Ehrgeizigen, mit der Zeit wird sie wirklich die Sache des Volkes – und damit eine Gefahr gleichmäßig für alle, ihre eigenen Führer, ihre Geldgeber, falschen Freunde, besonders für den regierenden Klüngel ohne Unterschied von links und rechts. Schließlich ist dann auch eine diktatorische Rechtsregierung ihren Freunden links zu Hilfe gekommen, als sie nicht mehr aus und ein wußten. Die Republik, schon mehr als halb im Bürgerkrieg, wurde vom vollständigen Versinken abgehalten durch einen Verkehrsunfall, die Namen der neuen Minister bezeichnen ihn ehrenvoll. Es sind beileibe nicht die Namen von Verrätern, vielmehr von Rettern. Eine Republik ohne eigenen Geist und Glauben hat zuletzt monarchistischer Retter bedurft. Das kann sie kaum noch beschämen, aber beglückwünschen dürfen sich die Nationalsozialisten, um derentwillen die einen zum Staatsstreich, die anderen zur Flucht griffen. Die Nationalsozialisten stehen an dieser Stelle der Ereignisse für das Volk selbst. Um es zu entrechten und fernzuhalten, spielen alle einander in die Hände, wie immer sie sich benennen; und sogar eine Bewegung, die sonst durch Verfälschung und Roheit abstieß, erscheint gerechtfertigt.

Dennoch – die Republikaner sind da, und sie bleiben da. Die Mehrzahl im Volk kann nichts anderes sein als republikanisch – trotz allen Bewegungen gegen das „System“. Die offene Reaktion begegnet im Grunde dem einmütigen Volk. Das ist nicht mehr dasselbe Volk, es ist ein anderes geworden durch die geschehene Lockerung der Klassen, der Sitten, eine Gewöhnung an Gemeinschaft, eine menschlichere Haltung und zugänglicheren Sinn – alles vor der Republik in Deutschland ungewohnt. Das Volk hat sich, wie noch nie in so kurzer Zeit, verwandelt seit dem Ende des kriegerischen Kaiserreiches, das gerade darum nicht wiederkehren wird. Dies Volk hat während einiger Jahre der Republik, nach der Revolution und vor dem Bürgerkrieg, sich ein einziges Mal frei gewußt und wird das Erlebnis seines verhältnismäßigen Gewinnes nie vergessen. Das Volk war auf gutem Wege, es ist nur aufgehalten worden von seiner wirtschaftlichen Not. Die machte es zugänglich für die wütenden Schwärmer eines „Dritten Reiches“, während es mit seiner Republik das praktische Versprechen eines immer volkstümlicheren Staates schon in Händen hielt. Die Republik mußte nur beim Wort genommen werden, und sie mußte Männer finden, die sie äußerst ernst nahmen. Das Wahlrecht mußte besser und das Parlament dem Volk in Wahrheit verantwortlich sein. Das Volk war immer bereit gewesen, es war erfüllt von der Republik, viel tiefer als es wußte. Die letzten Wochen vor dem reaktionären Umsturz und Zwischenfall wurde auf den Straßen das Wort „Freiheit“ gerufen, und das waren Kommunisten so gut wie Bürgerliche. Das Wort „Freiheit“ und was es alles enthält an Werten, an Würde, selbstgewählter Pflicht, an Recht und an Hoffnung, war ihnen von ihren Parteien kaum erklärt worden, und die Regierenden hatten es so gut wie nie gebraucht. Die Straßen hörten es vorher nie. Als aber die Republik unter dem gefährlichsten Druck stand, da stieg von selbst dies Wort.

Wenn „Freiheit“ kein Blendwerk ist, dann bedeutet sie den innigen Anspruch, niemandem zu gehorchen als nur der Vernunft. Wo das Wort Freiheit seinen Sinn zurückbekommt, geht auch immer schon die Ahnung um, als nahte, nicht mehr lange aufzuhalten durch Vergewaltigung, Dumpfheit und Lüge, ein neues Zeitalter der Vernunft.

III. Unbeliebte Tatsachen

Es liegt an Menschen, an ihrer Bereitschaft und ihrem Willen, ob ein Zeitalter der Vernunft anbricht. Der Irrationalismus hatte sich mühelos durchgesetzt, aber die Vernunft siegt nie von selbst; keine selbsttätigen Ursachen führen sie ohne weiteres in das Geschehen ein, sie muß erkämpft werden.

Die Niederlage des Irrationalismus ist noch keine Bürgschaft, so wuchtig und vollständig sie sich auch vollzieht. Das irrational bestimmte Jahrhundert hat nichts gezeitigt außer Zerstörung, Verelendung, Haß und einem großen Nichts an Kultur. Das würde nicht hindern, daß es noch tiefer sinkt, immer tiefer, in endlose Tiefen; denn ein bestimmter Teil der Menschheit kann ebensogut endlos versinken wie ohne Ende aufsteigen, warum nicht die paar Länder, die von der Grenze des russischen Reiches bis an die Küste des Atlantischen Ozeans reichen. Nicht im geringsten ist damit zu rechnen, daß auf jede Erschöpfung die Erholung folgen muß und daß man, ohne recht zu wissen wieso, plötzlich wieder oben steht. Das gibt es nicht ohne angespannteste Entschlossenheit, neu anzufangen – besonders, wenn die Mächte des Niedergangs und Verfalls ihrerseits so tätig und so haßerfüllt sind.

Der politische Irrationalismus verlangt jetzt schon wieder nach einem Krieg, er braucht ihn schon wieder; und wenn der Krieg aus Mangel an wirklicher innerer Bereitschaft noch nicht ausbricht, es riecht doch nach ihm. Seine Atmosphäre herrscht, man fühlt sich im Krieg, besonders hier, wo ein beträchtlicher Teil des jungen Geschlechts nicht einmal mehr bewußt unvernünftig, sondern geistig einfach nicht vorhanden ist. Der Militarismus wird in Deutschland aufgewärmt, man kennt ihn vom Hörensagen, er soll das Ideal der Volksgemeinschaft dargestellt haben. Der verfallende Hochkapitalismus macht sich reif für eine letzte Verzweiflungstat, der Nationalismus hofft auf die letzte Runde, nachdem er schon alle verloren hatte. Läge wirklich die ganze Macht noch immer bei dem alten System, der Krieg müßte ausbrechen, und folgerichtig ginge er gegen Sowjetrußland. Es bleibt gar nichts anderes übrig, wenn man durchaus nichts lernen und beim alten, nationalen und monopolwirtschaftlichen System durchaus beharren will. Die nationale deutsche Politik ist zwar immer noch gegen Frankreich gerichtet, aber doch nur zum Zweck der „Gleichberechtigung", und die wird von beiden interessierten Rüstungsindustrien etwas anders verstanden als von Prestigepolitikern und wütenden Nationalisten. Das aufgerüstete Deutschland würde vorgeschickt werden gegen Sowjetrußland, das allein wäre im Sinn des alten Systems. Nach menschlichem Ermessen würde das System geschlagen werden; man besiegt keine Revolution, deren Idee durch die gegebene Wirklichkeit gestützt wird und die Gleichgesinnte auf der Gegenseite hat. Damit rechnet übrigens das alte System, die Rüstungsindustrien verdienen jedenfalls, und die Ausbreitung der Revolution würde aufgehalten werden gerade durch ihre militärischen Siege, wie einst eine andere zurückgedrängt wurde durch den Triumph Napoleons. Triumphe rächen sich, und das alte System hätte Zeit gewonnen, wie damals. So glaubt es. In Wirklichkeit gibt es für das System der alten Nationalstaaten in Europa nur noch das unaufhaltsame, unbegrenzte Versinken – ob durch den Krieg, ob ohne ihn.

Sie müssen nicht in großen Katastrophen enden, sie können versumpfen. Der deutsche Nationalismus in seinem vorläufig letzten Zustand liefert das Beispiel. Entladungen nach außen sind ihm bis jetzt verboten, und er findet gleichwohl Mittel genug, zu Hause sich Genüge zu tun. Das eigene Volk quälen ist auch schon etwas, solange der Feind unerreichbar bleibt. Der Nationalist des letzten Zustandes zieht es sogar vor. Der verhaßteste Feind dieses Nationalisten ist kein Fremder, sondern sind Volksgenossen, die er austreiben möchte und die er undeutsch nennt. Die Nation um ihre gute Hälfte zu verkleinern, erscheint ihm als Gebot ihrer Größe – zu schweigen von ihrer wirtschaftlichen Absperrung und politischen Vereinsamung; die werden der Nation auferlegt aus Stolz, weil sie die anderen nicht besiegen und beherrschen konnte. Kriege, die niemand auf der Welt mit ihr zu führen wünscht, in einem fort beschreien! Aus überflüssigen Rüstungen eine Frage des Seins und Nichtseins machen, anstatt einfach das Gebot des Lebens anzuerkennen in der Zusammenarbeit mit den anderen Völkern! Alles, was aufregt, verbraucht, öden Haß nährt, ist national, es befriedigt den Nationalismus.

Die anderen Völker mögen den Bewegungen Deutschlands nur nicht mit diesen mißbilligenden Blicken folgen! Es liegt höchstens an Nebensachen, daß nicht auch sie denselben Anblick bieten. Sieg oder Niederlage sind Äußerlichkeiten. Sie haben gesiegt, dies Land ist geschlagen, und es trägt seine Niederlage nicht gut; aber nicht darauf kommt es an. Der Nationalismus ist in Geltung anderswo wie hier und wäre unter den gleichen geschichtlichen Umständen auch dort bereit, auszuarten. In den siegreichen und mächtigen Ländern sind mehr Köpfe klar genug, um übernationale Tatsachen zu erkennen. Die herrschende Politik hält sich an dasselbe System der nationalen Staaten, die ihren eifersüchtigen Abstand voneinander wahren, einander mißtrauen, übervorteilen, im Zaum halten, und kennen will keiner den andern, außer durch Spionage und durch Krieg. Eine Verengerung und Verkleinerung der Möglichkeit zu leben, der Ansicht und des Genusses der Welt, das heißt Nationalismus im letzten Zustand; aber dieser fällt überdies zusammen mit dem bekannten Höchststand der Technik und des Verkehrs. In demselben Augenblick, da alles und besonders die Ernährung leichter als jemals zu gewährleisten wäre jedem Volk, ob unbesiegt oder geschlagen, und sogar dem ärmsten einzelnen, eben jetzt muß ein unaufgeräumtes Hindernis daliegen, und es liegt in den Menschen selbst. Weizen wird ins Meer geschüttet, und jenseits verhungert man. Baumwolle, die Millionen hätte kleiden können, wird absichtlich vernichtet. Das kommt obenhin gesehen auf Rechnung des Monopolkapitals, es hat nicht einmal gelernt, zu verteilen, es beherrscht gar nicht die Erde, die es beherrschen will. Dennoch darf das Monopolkapital sich nur darum erlauben, schlecht zu wirtschaften, weil es Entlastung erhält vom Nationalismus. Er ist in den Menschen selbst der Mitverschworene jedes äußeren Mißbrauchs.

Auf den Nationalismus berufen sich alle, die menschliches Elend verursachen und ausnützen. Er ist die ideelle Rechtfertigung, wenn Menschen, in ihre nationalen Grenzen gepfercht, hungern, nicht arbeiten und verwildern. Er entschuldigt die planlose Unordnung einer Wirtschaft, wie er im Krieg das vollendete Chaos sogar noch verherrlicht. Er steht über dem Hochkapitalismus, dem Militarismus, sie befinden sich in moralischer Abhängigkeit von ihm, wären ohne ihn nicht in die Welt getreten, und er war zuerst da. Ein Gefühl und eine Geistesart waren früher da als die wirklichen Tatsachen, die nationale Idee und Leidenschaft früher als das bewaffnete Volk und das Volk, das dem Industriekapital unterworfen wurde. Wenn dies doch ganz erfaßt würde, das Vorrecht einer Idee!

Der Nationalismus war anfangs lebenfördernd wie andere Ideen. In seinem Ablauf wurde er für jedes wache Bewußtsein der Schrecken, den wir sehen. Eine französische Erfindung, was noch keinen deutschen Nationalisten gestört hat, erkämpfte er einst die Geltung der Nation – *gegen* den König. Die Französische Revolution richtete sich gegen ein Königtum und auch weiterhin nur gegen Könige. Sie war nationalistisch, hat aber kein Volk gehaßt; vielmehr liebte sie alle; ihre geistige Herkunft und die des Nationalismus ist die philosophische Humanität des achtzehnten Jahrhunderts. Anders sehen Aufgang und Morgen eines Menschheitstages aus und anders sein nächtliches Ende. Der Nationalismus begann auch in Deutschland mit der demokratischen Verbrüderung und als Sache des Volkes gegen die Herrscher. „Seid einig, einig, einig!“ schrieb der Sympathisierende der Französischen Revolution, Schiller, und das Wort wirkte so mächtig auf der Bühne, weil die Machthaber verhinderten, daß es Wirklichkeit wurde. Das Höchste, Reinste, das der deutsche Nationalismus auszusprechen hatte, er hat es gesagt, solange kein deutscher Nationalstaat bestand. Auf ihn wurde lange vergebens gewartet, endlich trat er ein – nur leider nicht, weil der innere Befehl „Seid einig!“ aus sich selbst ihn erschaffen hätte. Ein fremder Krieg mußte herbeigeführt werden und siegreich ausgehn. Das brachte ihn schließlich zustande, übrigens war es schon das zeitgemäße Verfahren des Nationalismus. Er war inzwischen bei Nationalkriegen angelangt, anstatt der Befreiungskriege der Revolution. Der Nationalismus bekämpfte längst nicht mehr die Könige, er diente jedem Machthaber, um die Völker aufeinander zu hetzen. In diesem späten Zustand übernahm ihn der deutsche Nationalstaat, der verzögert eintraf wie nachher auch die Republik, beides Neulinge mit Alterserscheinungen.

Noch verwurzelt in einem Zeitalter der optimistischen Vernunft, überfließend von Wohlwollen und von Selbstvertrauen: das war der Nationalismus, den wir Lebenden nicht gekannt haben. Der, den wir ertragen mußten, ist zusammengesetzt aus Verneinungen, und nichts bringt ihn, bei Völkern, Parteien, Individuen, so sicher zum wütenden Ausbruch wie das Gefühl der eigenen Minderwertigkeit. „Sie behandeln uns schlecht." Davon läßt ein erwachsenes Volk, das deutsche, sich leiten, wie ein unsicheres Kind sich für oder gegen das Mitspielen entscheidet, je nachdem es „behandelt" wird. Der Mann handelt selbst, und nur nach eigener Erkenntnis, eigenem Willen. „Gleichberechtigung" – hinsichtlich des veralteten, lästigen Rechtes, zum Krieg zu rüsten! Wer es hat, gäbe es zu gern her. Nicht nur Gleichberechtigung, sogar den Vorrang hätte man haben können und hat man versäumt; allerdings betraf er die Rechte und die Aufgaben der Völker von heute und morgen, nicht der Geschlechter, die mit ihrem Nationalismus dahingehen und bei viel Lärmen doch schon halb hinunter sind.

Die seelische Erscheinung des tobenden Absterbens kleidet sich bei dem Nationalismus des letzten Zustandes in eine Ideologie des Wahnwitzes; keine wirkliche Tatsache entspricht ihr, sie verkennt und leugnet alle. Die nationalistische Ideologie ist, wie es sich gehört, gegen das persönliche Denken. Der einzelne Herr, der kürzlich hier regieren und alle belehren durfte, sprach von „volksfremden Geistigen". Es schien ihm für seine Zwecke geboten, das Volk sorgfältig zu trennen von denen, die für es denken. Dann nimmt man an, daß die Nation ihre Ideen ein für alle Male auf die Welt mitbringt, ohne daß die Ideen auch Väter hätten. In Wirklichkeit ist es der einsame Denker, der sie zeugt – mit seiner Nation, mit allen Nationen, mit der Geisteswelt. Sogar das unbestrittenste nationale Gedankengut ist das Eigentum von Denkern, die zu ihrer Zeit volksfremd genannt worden sind von allen Rednern ohne Weitblick. Aber in jedem fruchtbaren Gehirn leben Keime aus allen anderen fruchtbaren Gehirnen, und Geist ist nicht nur das höchste, sondern auch das vielfachste Zusammenwirken der Völker, die schon längst vereinigt auftreten in den Personen ihrer Denker. Es gibt nur übernationalen Geist, da es nur Geist schlechthin gibt, und weder französischen noch deutschen. Das Gesetz des Geistes ist die Wahrheit, und die führt weder Paß noch Steuerquittung. Um national zu denken, hat man es allerdings sehr nötig, „das intellektuelle Denken abzulehnen"; und sogar diese Formel ist noch von irgendeinem „volksfremden Geistigen" bezogen.

Wer den Geist nicht verträgt, beruft sich auf das Blut. Das haben starke und fruchtbare Geschlechter nie für nötig gehalten, und einer „nordischen Rasse" bedurften sie nicht. Die wird frei erfunden, wenn es schon bald zum Zeugen, jedenfalls aber zum richtigen Denken nicht mehr langt. Dann kommt die Blutmystik dran. Die Nation soll eine „Blutgemeinschaft" sein; – als ob sie nicht offenkundig zu einer Interessengemeinschaft geworden wäre, mit Beteiligten, die in sehr verschiedenem Maße interessiert sind, mit Betrügern und Betrogenen, wie üblich. Geschichtliche Willkür hat die meisten Nationen zusammengebracht, und die „Blutgemeinschaft" besteht überall hauptsächlich darin, daß immer ein Teil den andern blutig gezwungen hat, mitzumachen. Übrigens fände jeder Teil der Nation seine Verwandten jenseits der Grenzen; und nach hundert Vermischungen aller Stämme Europas möge eine neue Völkerwanderung einmal versuchen, sie noch mehr zu mengen! Man weiß dies alles; es sind Erfahrungstatsachen, kein Kind würde sich ihnen verschließen. Aber ganze Wissenschaften werden aus dem Boden gestampft, um über sie wegzutäuschen, wegzureden.

Gestrichene Begriffe werden weitergeführt, ähnlich wie Tote in Wahllisten: so die Souveränität der Staaten oder, wenn's beliebt, der Nationen. In Wirklichkeit faßt schon längst kein Staat, und besonders der deutsche nicht, Entschlüsse im Innern oder nach außen, es sei denn, der

Gesamtwille Europas erlaubte sie ihm oder drängte sie ihm auf. Das hat für uns angefangen mit der Errichtung der Republik – und wird keineswegs damit zu Ende sein, daß unser nächster Krieg geführt wird oder unterbleibt je nach Beschluß einer größeren Machtquelle, als wir allein es sind. Das souveräne Recht, Krieg zu führen, ist längst niedergelegt worden; die Entscheidung soll der Völkerbund haben; und um den Völkerbund als nicht vorhanden anzusehen, wie deutsche Nationalisten möchten, muß ein Staat sich schon die Mühe machen, in Ostasien zu liegen. Hier bei uns bekäme es ihm im Ernst nicht gut, niemand weiß es besser als er selbst. Aber Souveränität! Und über die Tatsachen wegtäuschen, wegreden!

Darin bringt eine Nation es natürlich noch weiter mit ihrer inneren Politik. Niemand fährt ihr bis jetzt dazwischen, wenn sie sich zugrunde richtet, nur damit wenigstens das nach einer freiwilligen Handlung aussieht. Noch ist es zulässig, sich in Autarkie zu versetzen, wie ein Medium in Ekstase. Auf einmal verschwinden alle Zusammenhänge, alle Abhängigkeiten der Weltwirtschaft. Eine industrielle Nation von heute hat sich durch einfachen seelischen Akt zurückversetzt auf die Stufe eines kleinen Gewerbetreibenden, der so lange an seine Unabhängigkeit glaubt, bis er aufgekauft wird oder zumacht. Noch darf auch unter Nationen jede den eigenen Zusammenbruch leichtfertig herbeiführen und damit den der anderen beschleunigen. Eine Ideologie des Wahnwitzes will die Straße sperren vor Tatsachen, die es gar nicht merken und weiterschreiten. Aber Souveränität! Und wenn alle Tatsachen des Lebens sie überrennen!

Das Leben selbst ist gegen den Nationalismus. Alle lebenden Tatsachen und Forderungen haben schlechthin den Sinn des Übernationalen, nachgerade gibt es weder Zweifel noch Ausweg. Der Nationalismus ist endgültig festgefahren sowohl politisch wie wirtschaftlich, er sichert keinen Staat mehr, und er vernichtet die Menschen. Der Teil der Welt, der unser ist, sein geistiger und physischer Bestand, das Gefüge seiner Staaten sogar, ist nur noch zu halten und in aufsteigende Bewegung zu setzen durch übernationales Vorgehen. Die praktische Vernunft verpflichtet dazu, wenn nicht schon die einfache Wahrhaftigkeit des

Denkens und Fühlens. Wer sich geprüft hat, fühlt nicht mehr ehrlich für den geschlossenen Nationalstaat; der hat nachgerade zu viel Unglück gebracht, zu viel sinnlose Opfer gekostet, sein Maß ist voll. Das Gefühl, gesetzt man habe eins, spricht keinen Laut mehr für einen Interessenstaat, er nenne sich Volksstaat, sooft er will; keinen Laut für einen Militär-, Zoll-, Zwangs- und Hungerstaat. Das unbefangene Denken ist fertig mit einem geschlossenen Nationalstaat, der sich jenseits jeder vernünftigen Rechtfertigung zum Selbstzweck erhoben hat und lieber der Nation mit allen anderen Freiheiten auch die des Geistes und Gewissens verbietet, als daß er sie endlich erleichterte von seinem Albdruck.

Die Deutschen haben ihre langlebigsten Leistungen vollbracht ohne Nationalstaat und einige ihrer empfundensten, solange sie ihn erst herbeisehnten. Wer den „Teil" ansieht, muß doch gewahr werden – erstens, das Gefühl und der Gedanke eine ganze Wirklichkeit ins Leben gerufen haben; dann aber: nicht nur die damals herandrängende Wirklichkeit verlangte innere Bereitschaft. Auch von uns wird sie gefordert, und über die vorige Errungenschaft müssen wir hinweggehn, sonst verlieren wir sie und jede. Keine großen Werke wie die der klassischen Deutschen entstehen, außer, sie kündigen die nächste Wirklichkeit an, und diese kommt nicht, außer, wir haben sie vorher gedacht; hierzulande aber wird, wie sonst nicht mehr überall so verstockt, in der vorigen gelebt. Mehr, hier wird Gewalt angewendet, nur um zu beharren, ganze Umstürze veranstaltet und duldet man, nur um nicht vom Fleck zu kommen, und wer über den alten Macht- und Nationalstaat hinwegdenkt, soll damit eingeschüchtert werden, daß er nicht deutsch sei. Er ist genauso deutsch wie Schiller, der den Nationalstaat verlangte, als es noch gefährlich war. Jede nächste Stufe ist die deutsche, wie sie die französische ist, und die vorige hat gar kein anderes Kennzeichen mehr, als daß sie wackelt und mit Einsturz droht. Dann aber risse sie alles mit, ohne Unterschied der Nation.

IV. Das Bekenntnis

„Und ihr, im Kampf ergraute Politiker, spült euch noch immer den Mund mit dem alten Begriff Vaterland, bei ihm haltet ihr noch immer, seitdem ihr über die Stufe der Familie glücklich hinausgelangt seid; und euch wird gar nicht bewußt, daß die unter derselben Fahne vereinigten Menschen oft verschiedener untereinander sind als von ihren unmittelbaren Nachbarn, – obwohl sie Fremde heißen!“ Das steht in einer Kundgebung der republikanischen Jugend Frankreichs. Noch näher läge es, daß der Nachwuchs des härter leidenden Volkes die rettende Wahrheit zu der seinen machte. Aber von jungen Deutschen hört man sie selten. Hier erklären kleine Gemeinden sich gegen den Krieg, gegen jeden Krieg, den gerechten wie den ungerechten; und die Öffentlichkeit hat zugelassen, daß jetzt auch ihnen das Auftreten verboten wird. Zwölf katholische Geistliche haben sich an die Seite der Kriegsverweigerer gestellt. Ihnen folgt ein vereinzelter Gelehrter, der seinen Weltruhm schon durch seine Tapferkeit verdienen würde. Das ist alles, fast alles; und selbst in diese Bekenntnisse wird noch nicht eingeschlossen das Wichtigste, daß der geltende Begriff des Vaterlandes überholt und im Absterben ist.

„Wir verwerfen das Dogma der nationalen Souveränität, weil wohl ehemals dieses Dogma unsere Unabhängigkeit verbürgte, aber weil es in der modernen Welt nur noch sich fortschleppt und gefährlich ist.“ Das schreibt Pierre Cot, ein hervorragendes Mitglied jener radikalen Partei Frankreichs, die in ihrer ganzen Geschichte die Trägerin der Französischen Revolution gewesen ist. Die Revolution war nationalistisch, sie selbst erfand den Nationalismus; aber ihre Nachkommen schicken sich an, abzufallen vom Dogma der nationalen Souveränität. Eine andere Nation, die es sich unter den gegebenen Verhältnissen weit weniger erlauben kann, besteht darauf. Keine einzige deutsche Partei gibt irgendein Anzeichen der Wandlung; sogar die kommunistische stand noch unlängst im Wettbewerb mit den übrigen Nationalisten Deutschlands – als ob irgendeine soziale Erneuerung, zu schweigen vom vollständigen Sozialismus, jemals den Weg frei finden könnte innerhalb geschlossener nationaler Grenzen.

Hier spricht der Wirtschaftspolitiker Joseph Caillaux: „Als 1919 der Konflikt beendet war, mußte man schleunigst den alten Erdteil wieder aufbauen und die Fabrik Europa in Gang setzen – was sag ich, enger als vor dem Krieg mußte Europa an sich selbst als Ganzes gebunden werden. Aber das Gegenteil hat man getan." Worauf Caillaux den Geist Anatole Frances beschwört, der schon in den Friedensverträgen den Untergang Europas beschlossen sah! „Zuerst die wirtschaftliche Einigung, dann die politische, oder wir gehen zusammen unter", so schließt der Wirtschaftspolitiker. Der alte Schriftsteller Rosny findet die ganze europäische Wirtschaft lahmgelegt in der Hauptsache durch alberne nationale Streitigkeiten. Er meint Deutschland. Alle Franzosen meinen zuerst dies Land, wenn sie Europa sagen. Viele von ihnen fürchten es, eine viel größere Zahl wird begierig von ihm angezogen; und die brennende Anteilnahme wie an einem Element der eigenen Zukunft, einzig dies Land bewegt sie dazu. Nur eins wäre wirkliche Sicherheit, für mehr als ein Volk, für alle auf dieser, Asien vorgelagerten Halbinsel. Das wäre das Zusammengehen Deutschlands mit Frankreich – nicht bloß ihre Verständigung; und sogar Zusammengehen sagt noch nicht genug. Sie müßten sich vereinigen, sie und ihr Staat. Es müßte derselbe sein.

Hier spricht ein Schriftsteller aus der Generation der Kriegsteilnehmer, Jean-Richard Bloch: „Ohne die Übereinstimmung Deutschlands und Frankreichs ist der Friede unmöglich, Europa und seine Zivilisation müssen jeden Luftzug fürchten. Andererseits ist diese Übereinstimmung nicht zu erwarten von einer Propaganda der Gefühle und ihrem Ausbruch, von keinem unwiderstehlichen Herzensdrang der beiden Bevölkerungen zueinander. Also muß die Übereinstimmung den beiden Völkern aufgenötigt werden. Ich sage: aufgenötigt von allen guten Köpfen beider Länder." Folgt die Berufung auf die Geschichte: Frankreich selbst ist einst nur durch Gewalt geeint worden, und auch Deutschland, so viel später, immer noch mit Blutvergießen. Womöglich unblutig, aber mit allen Mitteln der Macht, des Gesetzes und der Ungesetzlichkeit wären von einer Gruppe entschlossener, nachsichtsloser Staatsmänner beider Länder zu erzwingen das gemeinsame Wirtschaftsgebiet, die gemeinsame Heeresleitung und Diplomatie, dieselbe Notenbank und das Bundesparlament! Geschieht dies alles nicht schon jetzt, dann verwirklichen später die beiden Proletariate es auf ihre Art.

Solche Vorstellungen, solche weittragenden Wünsche bestehen nebenan, sie zeugen fort, sie drängen nach Verwirklichung, sie sind schon die kommende Wirklichkeit, wie jeder Gedanke, der sie herbeiruft. Utopie – ist niemals der Glaube, daß alles Vernünftige auch möglich ist. Utopie ist die Wiedererweckung des Abgelebten. Wir versäumen diesseits der Grenze viel in diesem Augenblick. Hüten wir uns! Betäubt vom Lärmen unserer nationalen Erregung nehmen wir Stimmen von drüben, die uns erwecken sollen, gar nicht zur Kenntnis. Nichts erfahren wir von dem Kampf des tapferen Victor Margueritte, damit kein Krieg mehr beschlossen werden könne außer durch Volksabstimmung. Bei uns ergeht höchstens der Ruf nach Abrüstung der anderen, und inzwischen gewöhnt man die deutsche Jugend an eine nur militärische Art des Gemeinschaftsgeistes. Das sind wohl Folgen alter Niederlagen, alten Unrechts; aber sie dauern zu lange. Fortwährend erbitterter, verbissener, erinnert Deutschland allein sich an das Jahr 19, und leider von ihm allein wird aufgehalten die veränderte Welt, die es zu gern vergäße. Deutschland pflegt den Gemeinschaftsgeist, sich selbst aber macht es furchtbar einsam.

Der Vertrag von Versailles wird verlängert auch vom deutschen Nationalismus. Sonst könnte er ablaufen, er wäre morgen erledigt. In Frankreich, gerade dort, sind Hände uns, uns entgegengestreckt, sie wollen nur genommen werden. Die herrschende Politik Frankreichs würde grade jetzt der Einsicht zugänglich sein. Wir könnten das Bündnis, nichts Geringeres als das Bündnis könnten wir haben, anstatt aller einzelnen, zänkisch erstrittenen Berichtigungen des längst überholten Vertrages. Der fällt von selbst mit dem, was wirklich unerträglich ist; aber er fällt ohne jeden Zweifel nicht früher, als bis wir Verbündete Frankreichs sind. Zuerst das Bündnis, dann das Ende von Versailles, die umgekehrte Reihenfolge wird nicht stattfinden.

In den Wahlversammlungen des anderen Landes darf das Wort Krieg nicht ausgesprochen werden, nicht einmal von einem Redner, der sich dagegen erklärt. Hierzulande verbietet man inzwischen die Kundgebungen für den Frieden. Als sie noch hingingen, sprach bei einer von ihnen der Präsident eines Bundes französischer Frontkämpfer; er war eigens nach Berlin gekommen. Ganz kürzlich ist es geschehen, daß französische Matrosen in das Gebet für ihre untergegangenen Kameraden die Opfer der deutschen „Niobe" mit einschlossen. Kleine Städte haben dort Goethe gefeiert, ohne Rücksicht darauf, daß kein deutscher Ort sich einfallen ließe, eines großen Franzosen zu gedenken. Dagegen sind Berliner Schüler angehalten worden, eine vorgebliche Hilfe für verfolgte Deutsche auch auf das Elsaß zu erstrecken, anstatt auf Tirol, das einfach aus dem Spiel blieb. Elsässer sind freie französische Bürger, verfolgt werden Tiroler. Aber dieser Nationalismus hält sich bei den Verfolgten nicht auf, wenn der Verfolger ihm genehm ist. Was ihn in Bewegung setzt, ist nicht die Liebe für ein Volk, sondern der Haß auf ein anderes. Sein Wesen ist Unsicherheit, sein ganzer Antrieb der Haß, und eine starke deutsche Regierung hätte ihn schon gebändigt, sobald sie seinem Haß das Ziel nähme – durch das Bündnis mit Frankreich.

Dies Land hat keine starke Regierung. Die Republik brachte auch früher keine hervor, aber diese diktatorische ist kraftloser als jede. Sie erhält sich mit Hilfe einer Außenpolitik der sinnlosen Demonstrationen. Sie ist nicht von der Wirkung überzeugt, sie rechnet auch nicht mit Wirkungen, sie will bleiben, das genügt diesen kleinen Leuten. Die bilden sich ein, Herren zu sein! Ihr untauglicher Machtwille ahnt gar nicht, daß eine Welt darauf wartet, ergriffen und genommen zu werden, die Welt jenseits des Nationalen. Dort liegt das unerhörte Feld für die Kräfte, die es erkennen. Aber was verlangt man denn von diesen gestürzten Reitern, als daß sie sich gerade noch am Schwanzende des Nationalismus festhalten, bevor auch er ihnen durchgeht! Das schlimmste ist bei weitem nicht ihre lächerliche Anmaßung gegenüber dem eigenen Volk, damit wird es von selbst bald aus sein. Aber sie haben Befehlsgewalt in der Stunde, da zwei Länder ihren geschichtlichen Augenblick versäumen. Anstatt des Bündnisses mit Frankreich, das zu haben wäre, versuchten sie, Deutschland eine unitaristische Reichsreform aufzuzwingen, nur damit ihre kleine Klasse sicherer in der Macht sitzt. Aber Deutschland ertrüge weit schwerer den Unitarismus altpreußischer Prägung, als einen Bundesstaat, der ganz Frankreich mit begriffe. Der verspätete deutsche Nationalstaat hat seiner eigenen Idee nie ganz genügt. Das ist kein Grund, weshalb eine noch größere, die Föderation der deutschen Nation mit der französischen, nicht Wirklichkeit werden sollte!

Die Dinge neigen zum Äußersten; es ist unzulässig geworden, nicht die Wahrheit zu sagen, selbst vor einem brüllenden Meer von Unwahrhaftigkeit. Es handelt sich darum, abzurechnen über ein politisch-geistiges System. Das steht nicht bei politischen Fachleuten, die darin aufgegangen sind. Es ist auch nicht die Sache der abgewirtschafteten Wirtschaftsführer. In Deutschland waren sie durch lange Jahre ein Bestandteil des nationalen Aberglaubens. Der verzweifelte Zustand des Landes erschüttert endlich den Aberglauben an die Wirtschaft. Wer bleibt übrig? Eine so tiefe Erneuerung kann nur dort beginnen, wo gedacht wird. Zwar sollten die neuen Begriffe schon völlig anerkannt sein, sie liegen offen zutage in den Tatsachen selbst. Aber für sogenannte Führer hat es sich bis jetzt bequemer gegen die Tatsachen gelebt, und jetzt fürchtet einer den andern. Zu lange haben sie einander im Nationalismus überboten; plötzlich gestände der eine, daß es sinnlos war; aber der andere, der dabei verharrt, hat vielleicht doch noch eine Weile Erfolg – die letzte Weile, bevor alles aus ist! Das wäre zu viel verlangt von den Handelnden. Vorausgehen müssen wenigstens einige Bekenner, – die Erfolge nur auf lange Sicht gewohnt sind und Menschen nicht scheuen.

Hier ist die ganze Zeit nichts enthüllt worden außer verheimlichten Selbstverständlichkeiten. Ungewöhnlich ist die Hartnäckigkeit, mit der sie unterdrückt werden. Auch die Gefahr für den Bekenner mag nicht alltäglich sein. Die geistige Arbeit könnte von manchen geleistet werden. Hinzukommen muß nur der Mut – erstens, soviel überreife Wahrheit noch groß zu verfechten unter Verzicht auf alle Seltenheiten, und dann der Mut schlechthin. Ich wünsche ihn den einzelnen Intellektuellen, denn dies ist ihre Stunde. Ein geistiges System soll ersetzt werden. Das alte, das den abgelaufenen Teil des Jahrhunderts beherrscht hat, war der Irrationalismus; er fällt zusammen mit den letzten Zuständen der nationalen Idee. Die Idee des Übernationalen, die allein lebensfähige, hat zur Voraussetzung die wiedereingesetzte, die verjüngte Vernunft, ein ganzes System des Lebens in Vernunft und Wahrheit. Ja, das Bekenntnis zu der Idee des Übernationalen eröffnet selbst schon das neue Zeitalter. Das Bekenntnis ist Handlung und unter den Taten dieses Augenblicks die einzige nicht ganz vergebliche.

Übrigens werden die vereinzelten Bekenner erstaunen, wie wenig sie auf einmal allein sind. Wahrscheinlich ist eine Mehrzahl in diesem Lande es eigentlich müde, unvernünftigen Leidenschaften zu gehorchen anstatt dem besseren Wissen. Das bessere Wissen und Gewissen braucht manchmal nur aufzutreten, sofort antworten innere Stimmen, die überhört worden waren. Der Glaube an die blinde Gewalt, an das Nichtdenken, an den sinnlosen Kampf, den schlechten Haß, vielleicht ist das alles dort angelangt, wo es bloße Übereinkunft wird, die innere Zustimmung fehlt schon. Man wartet auf das erlösende Wort, obwohl man noch aufbrüllt, wenn es fällt. Gerade die zuletzt erschienene Partei der äußersten Widervernunft könnte als erste erfaßt werden von der Ungewißheit und vom Überdruß. So treibt man es doch nicht lange. Diese Nationalsozialisten sind eine Volksmasse schlechthin, ohne anderen festen Grundsatz als den, daß sie leben will. Als der Sozialismus unerfüllt geblieben war, ließ sie sich mit dem Nationalismus des letzten Zustandes ein. Nichts gelingt so schnell, als eine bekannte Größe mit Wucht für die letzte Errungenschaft auszugeben bei einer Volksmasse, die leidet und ratlos ist. Aber ebenso schnell ist sie davon enttäuscht. Sie muß sehen, daß ihre schlimmsten sozialen Gegner beileibe nicht weniger national sind. Ja, sie selbst wird beiseite geschoben und geknechtet auf Grund desselben Nationalismus. Die nächste Folge ist, daß sie andere Volksmassen weniger verächtlich findet, die übernächste, daß sie mit den

Sozialisten ihres Landes eine Notgemeinschaft eingehen wird. Die Not drängt, die Gemeinschaft wird nicht lange aufzuhalten sein. Das kann weit führen. Zum erstenmal würde die ganze gequälte Mehrheit eines Volkes sich geeinigt haben gegen eine geringe Zahl, deren erklärte Machtstellung der Nationalstaat ist.

Einzelne müssen bekennen, daß sie den Nationalstaat verlassen haben; denn sie sind nur der Anfang der Masse und nehmen ein Volk vorweg. Sie müssen einfach sprechen, als wären sie schon das Volk, obwohl es sie bis jetzt lieber niederschlüge, als daß es sie anhört. Aber nur bei diesem Stande der Dinge ist es notwendig zu sprechen, später nicht mehr. Sie müssen bekennen:

Ich ersehne den übernationalen Staat und nicht nur im allgemeinen den europäischen Staatenbund, sondern ohne Umschweife seinen nächsten Anfang, den Bundesstaat Deutschland-Frankreich; weil er allein den wirklichen Tatsachen ihre natürliche Auswirkung und den Menschen die Freiheit verspricht. Ein einzelnes Land ist in Europa nicht mehr lebensfähig, weder wirtschaftlich noch politisch und erst recht nicht sittlich; mehrere, übernational verbundene, haben Aussicht, ihre Menschen besser und glücklicher zu machen. Einem einzelnen Land kann niemand dienen; er lügt, wenn er es behauptet. Es gibt nur zusammenhängende Interessen und den Dienst an ihnen.

Sie müssen bekennen:

Ich habe den alten Macht- und Nationalstaat verlassen, weil sein sittlicher Inhalt ihm ausgetrieben wird. Er erhält sich nur noch in Haß und Verwilderung, und der unsittliche Zwang, den er anwenden muß, ist die Ursache aller Verbrechen, von denen es in ihm wimmelt, auch der scheinbar privaten. Der nationalistischen Lüge werden die Menschen geopfert. Der nationalistischen Lüge wird das Menschentum geopfert. Ich bin es gründlich satt, die freche Lüge zu hören, daß nicht der Kampf um das Menschentum der höhere Beruf ist, sondern der Kampf dagegen. Die Verehrer des kriegerischen Daseins würden ihr Lebensziel noch am anständigsten erreichen, wenn sie Selbstmord begingen, anstatt daß Millionen unfreiwillig mit ihnen sterben.

Der einzelne muß bekennen:

Das Vaterland in Gestalt des bisherigen Macht- und Nationalstaates hat jeden Sinn und Wert verloren, es liebt uns nicht, es quält und vernichtet uns; und darum liebt niemand es. Millionen hassen es, wie noch nie einen Feind; man frage die Opfer des „freiwilligen“ Arbeitsdienstes. Alle Knechte eines entmenschten Vaterlandes werfen es sich gegenseitig an den Kopf, um einander besser zu hassen und auszunutzen, das ist sein ganzer Zweck, solange es die Gestalt des alten Nationalstaates behält. Zuerst die Sicherheit und die Würde des Lebens, dann erinnert ihr euch eurer sittlichen Natur, der Selbstachtung, des Wohlwollens für die Welt, eures Bedürfnisses, euch an sie anzuschließen, anstatt dieser erbosten Abkehr, die nur ein unmenschlicher Staat euch aufzwingt.

Der einzelne muß bekennen:

Ich glaube und ich weiß, daß die Deutschen, gerade sie, in ihrem tiefsten, überlieferten Innern hoch über ihrem Staat stehen. Gerade sie wird es, nach besserer Anhörung ihrer selbst, das geringste kosten, ihn zu verlassen. Die nächste Stufe ist immer deutsch, und die nächste Stufe ist das Übernationale.

Das Bekenntnis muß nur abgelegt werden; die einmal ausgesprochene Wahrheit ist immer schon auf dem Wege. Das Kennzeichen der lebendigen Wahrheit ist, daß sie fertig dasteht – und noch gefährlich ist. Ein Deutscher, wie sie früher waren und künftig wieder werden sollen, hat gedichtet:

> Hienieden lohnt's der Mühe nicht, zu zagen,
> Und wahr und frei zu sprechen kleidet jeden,
> Da bald wir alle ruhn in Sarkophagen.

So bleibt es, auch wenn keine feierliche Grabstätte uns erwartet, sondern nur ein schnell vergessener Hügel.

Nachher

Auch eine Revolution

Ihren Machern liegt offenbar viel daran, daß es auch wirklich eine Revolution ist. November 1918, das war für sie keine; es war ein Verbrechen, von einzelnen willkürlich begangen. Sie fühlen sich berufen, es auszutilgen mit dem glänzenden Schwung ihrer nationalen Erhebung. Allem Anschein nach sind sie selbst entzückt von ihren Taten, die Verfolgungen und Greuel mitgerechnet. Sie finden Gefallen daran, sich allgemeine Mißbilligung zuzuziehen, und bleiben um so fester überzeugt, was sie tun, sei echt deutsch.

Ich glaube, sie irren, und das wahre Deutschland, das für sich die Zukunft hat, sind sie nicht. Es ist allerdings schwer, die einzelnen Bestandteile dieses Landes auseinanderzuhalten. Deutlich voneinander getrennte Rassen bewohnen es, aber wichtiger ist, daß sie zu ganz verschiedenen Zeiten zivilisiert worden sind. Das erklärt zum Teil den Haß, der hier herrscht. Außerdem bestehen eng beisammen kulturelle Einflüsse, die einer vom andern abweichen und jeder seinen besonderen Sinn hat. Die Deutschen haben sich selbst immer nur schwer verstanden; daher ist ihre ständige Sorge die nationale Frage, und daher wissen sie immer noch nicht, was eigentlich deutsch ist.

Zweitausend Jahre sitzt die Nation auf ihrem Grund und Boden; die Sache könnte, sogar in ihren eigenen Augen, allmählich geklärt sein. Aber nein, von Zeit zu Zeit gibt es ihr einen Ruck und sie äußert erregt: „Endlich bin ich eine Nation geworden!“ Diesen Ruck haben Hitler und seine famose Bewegung ihr soeben wieder mal verschafft. Sein Anfangserfolg liegt gewiß auch daran, hat aber natürlich noch andere Ursachen.

Der große Mann hatte es zu tun mit einer gleich eingeebneten, wenn auch nicht gleich gerichteten Masse; das Land kannte ihresgleichen erst seit kurzem. Gebildet wurde sie von heruntergekommenen, verarmten Schichten. Das kleine und mittlere Bürgertum war unlängst proletarisiert worden, und es fühlte nur Gegnerschaft für seinen nächsten Gefährten, den Proletarier, der seine Klasse schon vorher bewußt vertreten hatte. Inzwischen allerdings hatten die Arbeiter, infolge der langen Arbeitslosigkeit, viel eingebüßt von ihrem Klassenbewußtsein. Alles war geschwächt, ihr Glaube an den sozialen Gedanken und ihr ganzer einstiger Stolz. Der große Mann brauchte den weichen Teig nur zu kneten.

Überdies aber mußte die Luft mit Revolution geladen werden. Auch tief gesunkene Massen geben sich nicht gern her für Interessen, die das genaue Gegenteil ihrer eigenen sind, für die Interessen einiger reichen Leute, ob Industrielle, Großgrundbesitzer oder frühere Herrscherhäuser. Grade die aber zahlten für die nationalsozialistische Bewegung. „Das dürfen sie nicht merken“, sagten die Macher. „Wir behaupten einfach, daß es Klassengegensätze gar nicht gibt. Die Nation steht als Einheit da. Ran an die Marxisten, die sie spalten! Revolution machen, heißt den sozialen Gedanken zerstören mitsamt allem, was dranhängt, Gewerkschaften, Parlamentarismus und die ganze republikanische, menschenfreundliche Geistesart. Unsere Revolution ist die Revolution der Nation gegen die Parteien, und auch gegen alle, die denken wollen. Die Vernunft ist der Feind. Rotten wir uns zusammen gegen sie! Endlich sind wir eine Nation geworden! Ruft zum Haß gegen jeden, der uns abhalten möchte, endlich eine Nation zu sein! Was wir Revolutionäres haben, ist die Wucht unseres Hasses!“

Der Haß nicht nur als Mittel, sondern als einziger Daseinsgrund einer mächtigen Volksbewegung, das ist dem großen Hitler eingefallen. Nun hat wohl jede Revolution unter ihren Kräften auch den Haß, gleichgültig, wie weit er berechtigt ist. Aber im allgemeinen richtet er sich gegen die Mächtigen und die Reichen; er unterstreicht dann nur Forderungen, die ohnedies verständlich sind. Hier, nichts dergleichen. Noch niemals hatte man ein Volk haßerfüllt gesehen gegen seine eigenen Leute, die Kleinen, Schwachen und Armen, gleichzeitig aber auch gegen die Vereinzelten, die für es denken und aus Gerechtigkeitssinn auf Seiten der Unterdrückten stehen.

Der große Mann nennt diese schlankweg ein Intellektuellen- und Professorengesindel. Der Weltruf eines Einstein oder eines Thomas Mann stört ihn nicht. Sollen alle machen, daß sie fortkommen, das Volk sieht dann nur noch ihn. Dann hat er es. Sogar die Marxisten werden zusammenknicken, werden niederbrechen unter dem Haß, der auf ihnen lastet. Das sah gradezu halsbrecherisch aus, all der erbitterte Haß, den man gegen Natur und Wahrscheinlichkeit, bloß mit Lügen, in den Leuten erzeugte. Es mußte aber gelingen bei einer verarmten, besonders geistig verarmten Masse. Fragte jemand einen armen Teufel, einen Studenten oder Arbeiter: „Wie kommt es, daß du in derselben Partei bist wie Prinz Sowieso von Preußen?" – der arme Teufel konnte nur die Achseln zucken. Unwissend und kulturlos wie er war, gelang es spielend, ihm die Republik verhaßt zu machen, zu dem ausgesprochenen Zweck, damit er nicht merkte, wer eigentlich schuld an seinem Unglück war. Zwanzig Jahre früher und vom Elend noch nicht geschwächt, hätten alle den Schwindel gerochen.

Diese junge Generation wußte von den Vorkriegszeiten nichts. Von Marx kannte sie nicht die Lehre, nur den Namen, und den nur zur Abschreckung. Manche hielten ihn für einen Bolschewistenführer in Moskau, andere hofften, eines Tages werde er gefaßt werden, und zwar auf der Redaktion eines Judenblattes! Marxismus und Judentum verschmolzen in den beschränkten Köpfen, so kam ihre Erbfeindschaft gegen die Juden zu neuen guten Gründen. Von den Gesetzen des Kapitalismus verstanden sie nichts und hielten sich daher bereitwillig an die Juden allein. Denn deren Rasse war der ihren fremd und drohte ihre Einheitlichkeit zu zerrütten – als wenn tatsächlich bewiesen wäre, daß es eine deutsche Einheitsrasse überhaupt gibt.

In dieser Volksbewegung wurde das wirkliche Problem des Kapitalismus weggeschwindelt, und an seine Stelle trat ein Phantasieerzeugnis, die Rassenlehre. Dem „Menschenmaterial", mit dem die Führer ihr Glück versuchten, mußte vor allem die Mühe des Denkens erspart werden. Darin waren ja auch die Führer selbst ohne Übung. Keinen Augenblick untersuchten sie den Zusammenhang der Tatsachen, ihren Sinn und

Ursprung. Ihre Sorge waren immer nur einzelne Menschen: die Novemberverbrecher, die Juden, die Intellektuellen. Haßt! Heil bringt euch der Haß!

Das letzte Mal, daß Brüning, der letzte Kanzler der Republik, öffentlich sprach, versicherte er, daß man nicht glauben dürfe, ihn beschäftigten Personalfragen. Er sei mit allen seinen Gedanken bei den Millionen Arbeitslosen und bei den sozialen Maßnahmen, auf die sie das Anrecht hätten. Zur gleichen Stunde aber, als er in aufrichtigem, natürlichem Ton diese Worte sprach, brüllten Tausende anderer Stimmen durch Lautsprecher, und die setzten ganz Deutschland unter Haß. Längst schon hatten die nationalsozialistischen Hetzer dies Volk damit durchsättigt, jetzt waren sie nah am Ziel, die Republik hing nur noch an einem Haar. Der Hohepriester des Hasses, der bald an die Stelle des wohlmeinenden Brüning treten sollte, Hitler, der Nationalheld, durchraste das Land im Auto, flog in der Luft umher, verzehnfachte sich, trat an mehreren Orten zugleich auf – und aus seinem Munde, der beständig schäumte, drangen Laute, die eher nach dem Balkan als deutsch klangen; aber soviel vermochten sie dennoch, daß Deutsche anderen Deutschen zu Tode verhaßt wurden.

Lange Jahre hindurch ist mit vervollkommneter Technik nur Haß gesät worden: das ergab zuletzt den Sieg des großen Mannes und seiner Bewegung. Er ist auf wenig Widerstand gestoßen, und Verräter haben ihm geholfen. Gleichviel, sein unerschöpflicher Haß und seine nackte Gier ergossen sich in Strömen, alle bewunderten seine Schamlosigkeit und lernten von ihr. Wenn er in den Lautsprecher brüllte „Ich hasse sie! Ich will ihre Stellungen haben! Die ganze Macht will ich!“, dann verstanden ihn seine Zeitgenossen. Sie selbst haben nur zu oft eine Vorliebe für ungerechtfertigte Erfolge, während alles, was wahr und gerecht ist, sie wenig kümmert. Die Person des Führers gehört wohl mit Recht in ihre Zeit, und diese deutsche Abart der Revolution kennzeichnet ihr Jahrhundert.

Der Haß

Wir erdulden, was in Deutschland geschieht, und machen dabei die Wahrnehmung, daß wir vorher das Phänomen des Hasses kaum gekannt hatten. Unter normalen Verhältnissen begegnet ein Zivilisierter bei seinesgleichen nur einem gemäßigten, sehr relativen Haß; und auch er selbst, mit allem, was er vom Leben weiß, fühlt sich nur schwer imstande, zu hassen ohne Vorbehalt und Hemmung. Man hat wohl Feinde und ist sich darüber klar, kann aber nicht glauben, daß sie zu allem fähig wären. Die Freunde wären es doch auch nicht. Diese wie jene sind genau wie du, denn auch du liebst oder haßt sie nur bis hierher und nicht weiter. Dann dringt dein Skeptizismus wieder durch, und das ist zu begrüßen für dein leibliches wie auch für dein geistiges Wohl. Ein überspannter Haß wäre dir nicht gesund. Außerdem wäre er unwürdig deiner Intelligenz. Du vergleichst den Feind mit dem Freund und stellst fest, daß beide schließlich Menschen sind.

Man muß manches hinter sich gelassen haben, bevor man sich entschlossen dem unbegrenzten Haß ergibt. Oder aber, man war überhaupt nicht vorgeschritten bis zur menschlichen Einsicht und zum Zweifel, und war gar nicht richtig zivilisiert. Wirklich sind in der Partei, die Deutschland besiegt hat, zwei Menschenklassen deutlich zu unterscheiden. Das ist erstens die Bestie und dann der abtrünnige Zivilisierte, der sich Gewalt antun mußte, um wieder Barbar zu werden. Anzunehmen ist, daß der zweite Haß zum mindesten so weit gehen wird wie der erste, denn der muß sich selbst nicht erst beweisen, daß er eine Bestie ist.

Ein bekannter Fall ist der verkrachte junge Literat, der gegenwärtig Minister für Propaganda ist. Er war einst Schüler eines jüdischen Hochschullehrers, eines Kritikers von äußerster Vornehmheit und Schwerverständlichkeit, der hervorgegangen war aus dem geweihten Kreise des Dichters Stefan George. Aber die Verächter der gemeinen Menge haben sich manchmal in eine Volksbewegung gestürzt, und ob es nun ihre Verachtung für die Menge der Ungebildeten ist, sie hetzen sie dann mit besonderem Eifer gegen sich selbst auf. Es wäre so einfach gewesen, den Leuten ihre gewohnten Hoffnungen zu gönnen. Die waren allerdings marxistisch, aber wenigstens waren es Hoffnungen.

Was gab ihnen der junge Verkrachte als Ersatz? Haß, nur Haß. Kaum in der nationalsozialistischen Bewegung drin, beging er als Redner auch schon Ausschreitungen wie nur einer. Seinen israelitischen Lehrer hatte er vergessen und legte sich ins Zeug gegen den jüdischen Geist. Sein schriftstellerisches Mißgeschick hatte er sich gemerkt und empfahl die besser begabten Schriftsteller der öffentlichen Rache. Alles Vornehme, schwer Zugängliche, das er einst gelernt hatte, machte ihm das Ideal der Massen widerwärtig; daher peitschte er seine Zuhörer auf, bis sie hochgingen bei dem Wort Marxist. Seine vergangenen Mißerfolge und der Klumpfuß, mit dem er behaftet war, speisten unerschöpflich seine Rachsucht, und er konnte sie anderen eintrichtern. Darin bestand sein Talent.

Er atmete Haß, er verpestete damit die Luft, wohin immer er kam, die Luft der Säle, der Plätze, des ganzen Landes. Er zappelte sich nicht allein ab, alle Nazi-Agitatoren haben nichts weiter getan, bevor sie zur Macht kamen, und bleiben auch jetzt noch dabei. Aber er war mit am besten ausgestattet für den Haß. Allerdings hatte er mit seiner gesamten Vergangenheit aufräumen müssen, bis er so weit war, daß er alle seine Instinkte unbewacht loslassen konnte. Jahrelang jeden Tag die Köpfe der Juden, Intellektuellen und Marxisten zu fordern, war kein Kunststück für eine Gattung Mensch wie Göring, der näher an der Bestie ist, Bestie mit Mystik. Auch der große Hitler ist auf keinen Widerstand bei seinem Gewissen gestoßen, als er es übernahm, der Hohepriester des Hasses zu werden. Ihm war das selbstverständlich, man will doch rankommen.

Unsere Bewunderung gilt Goebbels, dem jungen, rührigen Propagandaminister, dem zierlichen, zarten Mann, der bewußt aus der Gesittung ausschied und sich darbrachte dem Aufstieg der Barbaren. Er hat dabei sogar Freudigkeit bekommen. Zu der Zeit, als er sich mit hoher Literatur befaßte, hatte er sie bestimmt nicht. Jetzt fühlt er sich auf dem rechten Wege, da erfaßt ihn wieder Jugendlust. Auch sein Stil hat sich verjüngt und etwas schmucklos Rauhes erlangt. Das wirkt volkstümlich.

Da steht er denn angesichts der riesigen Menge, die auf ihn hört und mitgeht; reißt einen gleichfalls riesigen Mund auf und entläßt Ströme von Haß, kann aber auch lächeln. Denn Goebbels hat ein Lächeln, dessen Anmut, wie es scheint, unwiderstehlich ist und das ihm die Herzen gewinnt.

Es ist zum Weinen, aber die Tatsache besteht, daß mit Hilfe von Umständen und Gelegenheiten, die in Jahrhunderten einmal so übertrieben vorkommen, eine gewisse Menschenart alle Fesseln der Gesittung abstreifen und sich beigesellen kann denen, die sie kaum gekannt hatten. Sonst bliebe das Schauspiel, das Deutschland bietet, unverständlich. Die am wenigsten Zivilisierten für sich allein werden niemals fertig werden mit einer ganzen, vorgeschrittenen geistigen Kultur und mit sozialen Gefügen, die aufgebaut waren auf dem Begriff der Menschenpflicht, füreinander einzustehn. Dazu braucht es Überläufer.

Deutschland konnte allerdings das Haßland werden, weil es in Verwirrung geraten war durch die Niederlage, durch das blödsinnige Verbrechen der Inflation, durch Krise und Arbeitslosigkeit. Der Nationalstolz kommt auch hinzu, aber erst in letzter Linie. Dieser Stolz ist eng verknüpft mit dem Haß der Deutschen rechts gegen die Deutschen links, und ohne diesen Haß wäre zu bezweifeln, daß er so wie jetzt, jedes Maß überschritten hätte. Auch die Republik gab sich mitunter nationalistisch, aber sie hatte doch begriffen, daß sie erstreben mußte, was alle ersehnten: Frieden und Verständigung in der Wirtschaft und im Geistigen. Die Völker waren gerade genug geprüft.

Manchmal widerstand ihr die Aufgabe, weil nämlich ihre Feinde sie verantwortlich machten für Verträge, die ihr doch selbst bitter weh taten. Daher das Schwanken der Republik und ihr gelegentlicher Mangel an Festigkeit, verbunden mit Rückfällen in den schädlichsten Nationalismus. Guter Wille tat es nicht immer, wenn der Mut ausblieb. Ich weiß noch, wie tief traurig Briand war, als der Stahlhelm grade wieder demonstriert hatte. Das war aber die Republik, noch auf der Höhe ihrer Macht! Mit ihrer Erlaubnis geschah dies, und grade so ließ sie Hitler groß werden und immer mehr Sturmtruppen bilden. Halb hingeneigt nach jener Seite, wollte sie doch nichts davon wissen, daß sie fallen könnte.

Die Republikaner bewahrten sich den Glauben an die Gesetzlichkeit. Sie waren darin eingefahren, dachten übrigens streng bürgerlich. Daher erfaßten sie auch niemals ganz, was Haß heißt. Wohl sahen sie ihn um sich her ansteigen. Er wurde ihnen genug ins Gesicht gebrüllt, und schon floß Blut genug, das ihn bezeugte. Sie sagten nur immer: Das wird ihnen vergehn. Diese Nationalsozialisten werden einander aufreiben. Eines Tages können dann die Gemäßigtsten von ihnen mitregieren und endlich Verantwortung lernen. Was wollen sie überhaupt? Wir tun doch schon, soviel irgend geht. – Denn die Republikaner hielten den Antisemitismus für eine abgeleierte Walze, die nicht mehr zog, und in dem Antimarxismus erblickten sie in der Hauptsache etwas, das die Industrie viel Geld kostete. Nachweisbar hat fast niemand unter ihnen die Ereignisse vorausgesehen, nicht die Aufhebung der Gesetzlichkeit zuungunsten von Sozialisten, Israeliten, Intellektuellen der Linken, und auch nicht die Konzentrationslager, den Boykott der jüdischen Geschäfte und die anderen Taten der Willkür und Gewalt, die unmittelbar gefolgt sind auf die Machtergreifung durch die Feinde der Republik.

Sogar nach all dem erfassen die Republikaner, oder wer von ihnen noch da ist, wohl kaum den Sinn des Hasses, der sie trifft. Der Grund ist, daß sie die Gesittetsten waren und in ihren Reihen manche Geister von hohen Graden zählten, ja, auch Herzen, die wahrhaft für das Volk schlugen. Die Republik hatte in einer besonders ungünstigen Lage den Versuch gemacht, dem Volk seine Lasten zu erleichtern, und dies im Sozialen wie auch nach außen. Unablässig am Leben bedroht, hatte sie dennoch, unter höchster Gefahr für sich selbst, ein System aufrechterhalten, das den Namen der Freiheit verdient. Mag es nur eine verhältnismäßige Freiheit gewesen sein, das freieste Regierungssystem war es immer noch, das Deutschland je gekannt hat.

Ihre Nachgiebigkeit wurde Schwäche, und es kam dahin, daß sie sich auslieferte, aufgab, zersetzte. Das erklärt noch nicht den Haß. Der wahre Haß hat in seiner unermeßlichen Tiefe mit unseren Fehlern nichts zu tun, aber viel mit unseren Werten. Die Menschenart, die sich den Namen Nationalsozialist beilegte, haßte nicht die allzu wirkliche Republik, die sie vor sich hatte mit ihrer Feigheit und Fäulnis; ein Greuel war ihr vielmehr das Ideal, das dennoch vertreten wurde von dieser Republik, sowenig sie ihm auch genügte. Der Marxismus, der jene Menschenart zum Schäumen brachte, war nichts Geringeres als der soziale Gedanke selbst. Mit dem jüdischen Geist aber meinte sie einfach den Geist. Der Aufstand der weniger Gesitteten gegen die Vernunft und ihre Verteidiger, daraus besteht diese Bewegung ganz, ihre Nahrung aber war ein Haß, so wüst, so schauerlich, daß er nicht einmal abrüsten konnte, nachdem der Feind unterlegen und vom Erdboden verschlungen war.

Treibt man den Haß zu weit, fällt er zurück auf den Hasser und hält ihn besessen an Leib und Seele. Jetzt könnten sie Ruhe geben. Alles ist vor ihnen zusammengeknickt, die Parteien haben sich in nichts aufgelöst oder sind gleichgeschaltet. Hilft nichts, sie fühlen, daß die Republik fortlebt in dem Gewissen vieler und daß der Terror schließlich nichts beweist. So bleibt ihnen nur übrig, weiter zu verfolgen, noch mehr Schrecken zu verbreiten und lebenslang zu hassen. Ihr Haß wendet sich zuletzt gegen sie selbst, sie sind Opfer ihrer Komplexe, werden heimgesucht und sehen Verräter. Dem Lande droht Verrat! Ihnen droht er!

Betrachtet diese Sieger, diese paar Diktatoren, die für sich allein selbstherrlich verfügen über eine ganze Nation! Zu den öffentlichen Ämtern lassen sie niemand zu außer ihren Kreaturen, und auch das Alleinrecht auf Propaganda haben sie sich angeeignet, Presse, Rundfunk, Film. Sie haben sich mit Vollmachten ausgestattet, wie kein Bismarck sie besaß. Für sie gilt nichts mehr, weder Verfassung noch Gesetze. Die Massen marschieren braun gekleidet und mit erhobener Hand an ihnen vorbei. Sie führen sich selbst das Scheinbild einer großen Militärmacht vor und halten damit das Volk zum Narren. Es läßt sich ja so gern die altbekannte Knechtschaft aufreden für einen neuen Ruhm. Der Geburtstag des Führers ist gefeiert worden, als wäre er Sieger in hundert Schlachten. Nach menschlichem Ermessen müßte ihnen das genügen.

Keineswegs. Sobald sie unter sich sind, sinnen sie auf nichts als neue Zwangsmaßnahmen. An sichtbarer Macht bleibt ihnen nichts mehr zu unterdrücken: dann also die des Geistes brechen! Denn sie fürchten die alte geistige Überlieferung einer Nation, deren Wiedererhebung sie sich anmaßen. Gegen den Geist hetzen sie den Pöbel auf. Da ihr System nicht die Demokratie ist, herrscht bei ihnen der Pöbel. Sie sind um einen Fang gekommen, um die Einkerkerung der Denker und Schriftsteller, die gestern Deutschland waren und künftig von ihm übrigbleiben werden. Wir waren fortgegangen aus unserem Land, das ihres nie wirklich sein wird. Da verbrennen sie denn wenigstens Bücher, was nicht erblickt worden war seit der Inquisition. Und besteht der Scheiterhaufen auch besonders aus den Werken Lebender, schon fangen sie an, auch Klassiker daraufzuwerfen. Ist doch unsere klassische Literatur ein einziges Zeugnis der Menschlichkeit, zu ihrer eigenen Gesinnung der verhaßte Gegensatz. Als erste sind Lessing und Heine den Flammen überliefert worden. Wagten sie es nur, sie würden auch Goethe verbrennen, den höchsten Genius Deutschlands. Sie weichen zurück, sie haben Furcht.

Wenn der Haß seine Grenzen erreicht hat und kein Genügen mehr findet, artet er in Furcht aus. Ich sehe sie in ihren Regierungspalästen, bei ihren Beratungen, wo sie keinen uneigennützigen, dem allgemeinen Wohl dienenden Plan jemals auch nur in Betracht ziehen. Noch mehr knechten, damit geben sie sich ab. Terror und wieder Terror, nur darin sind sie sich einig. Da er seinem Wahlvaterland so oft das Hängen versprochen hat, das bis zu ihm hier unbekannt war, zeichnet Hitler, die Künstlernatur in der Bande, Galgen hin. Sein junger, rühriger Propagandaminister aber gibt ihm an, wo die Apparate aufgestellt werden sollen, um den Hinrichtungsfilm zu drehen. So ist der Haß auf seinem Gipfel. Zu erreichen bleibt ihm nichts mehr. Jetzt merkt er, daß es drüben steil abwärts geht und aus Haß wird Furcht.

Der große Mann

Der große Mann ist Österreicher, das zeichnet ihn für das ganze Leben. Die Tatsache, daß jemand im alten Reich der Habsburger geboren ist, verleiht ihm zwar keine Nationalität, aber es hinterläßt ein Familienmal, das er weder loswerden noch ableugnen kann. Der große Mann, gegenwärtig Gebieter über ein Land, das nicht seins ist, beruft sich umsonst auf Friedrich von Preußen und Bismarck. Keiner der beiden würde ihn anerkennen. Eine glaubwürdigere Verwandtschaft besteht zwischen ihm und Franz von Osterreich, dem Schwiegervater Napoleons und Kerkermeister der Festung Spielberg. Der sperrte dort die vaterländisch gesinnten Liberalen seiner Zeit ein, gleichviel, ob Italiener, Deutsche, Slaven. Er liebte keine der verschiedensprachigen Bevölkerungen, die unter seinem Szepter lebten, und seinem langen, traurigen Gesicht ist noch jetzt anzusehen, daß die Menschen ihm ein Greuel waren. Die Menschen schienen ihm höchstens erträglich, solange sie in blinder Unterwerfung sich abstumpfen ließen von der unheilvollen Herrschaft seines Hauses.

Mit Karl dem Fünften und Philipp dem Zweiten von Spanien ist es dasselbe, nur größer. Damals ging es nicht um einen Teil des östlichen Europa, sondern der ganze Kontinent sollte unter Habsburg kommen. Das Spiel ging verloren, nur leider nicht auf einmal. Viele Gegner des ungeheuerlichen Hauses mußten fallen, bevor der Albdruck langsam wich. Es gab seine Beute stückweise auf, Flandern, Spanien, Deutschland, Italien. Das Haus schmolz kläglich zusammen, es steckte Niederlagen auf Niederlagen ein, war zuletzt beschränkt auf einige schlecht zusammenpassende Länder, und selbst brachte es nur noch angefaulte oder unbegabte Mitglieder hervor. Deswegen aber verzichtete das Haus Habsburg weder auf seine Ansprüche noch auf seine Methoden, das Gottesgnadentum und das Spitzeltum, das letztere im Dienste des ersteren.

Diese Monarchie hatte sich, um das eigene Leben zu verlängern, die nationale Eifersucht seiner Völkerschaften zunutz gemacht. Immer ließ sie eine durch die andere überwachen, und jede war der Büttel der nächsten. Während des Krieges von 1914 haben die Tschechen keine ärgeren Feinde gehabt als die ungarischen Regimenter, die sich bei ihnen aufführten wie im eroberten Land. Inzwischen sorgten die Polizeispione dafür, daß Mißtrauen und Furcht erhalten blieben. Man kennt ja, in all ihrer grausamen Komik, die Geschichte vom braven Soldaten Schwejk, wie der Tscheche Hašek sie schrieb.

Sogar in Friedenszeiten haben manchmal sonderbare Ausbrüche des Hasses Osterreich erschüttert. Einer der bekanntesten war die antisemitische Bewegung, die gegen 1900 ihr Wesen trieb. Auch sie war schon aufgeschwollen von denselben sinnlosen Ansprüchen und leeren Behauptungen, die viel später und unter günstigen Umständen in Deutschland sich voll auswirken sollten. Zu einer Zeit, die nicht so reizbar und nicht so dumm war, kamen sie noch nicht ganz zur Geltung.

Ein tausendjähriger Despotismus hatte bei den Untertanen der Habsburger Spuren hinterlassen, die jetzt und künftig im Verblassen sind. Dazu gehört die Grausamkeit, aber auch ein gewisses leichtes Vergessen und eine große Genußfähigkeit. Wirkliche Genießer entstehen grade infolge sehr langer Knechtschaft; sie erzeugt Leichtlebigkeit. Skepsis und froher Sinn bilden zwar nur die Oberfläche, dahinter stecken, öfter als anderswo, Wesen, die es in sich haben; ja, grade weil ihre Geschichte sie davon überzeugt hat, daß edle Regungen nie etwas nützen, werden sie jedem sympathisch, der nicht in die Tiefe geht.

Mit Recht sind die Österreicher beliebt wegen ihrer künstlerischen Veranlagung. Die Wurzel davon ist freilich Komödianterei, und diese verrät einen Menschen, der sich über Wirklichkeiten hinwegtröstet, für das Leben den Schein nimmt und sich das Dasein, das sonst zu schwer auf ihm lasten würde, spielend leichter macht. Etwas zu viele bekannte Österreicher waren Schauspieler, das ist festzuhalten. Die begabten Einwohner jener Gegenden haben oft etwas schnell Gewinnendes, und ebenso leicht enttäuschen sie auch. Wenige wahrhaft hervorragende Männer, sowohl Denker als Künstler, werden ausdrücklich ausgenommen. Der mittlere Österreicher indessen, wie sein unwandelbares, den Menschen verfälschendes Reich ihn gestaltet hat, mußte seinerseits Krankheitskeime aussäen, wohin immer er seine Tätigkeit verlegte.

Die deutsche Republik hat zu viele Österreicher gehabt, auch daran ist sie zugrunde gegangen. Sie verschafften sich Zugang in Parteien, Presse, Geschäftsleben und wirkten zersetzend durch ihre angeborene Neigung, sich geschickt durchzuschlängeln unter Nichtachtung von Grundsätzen. Man bleibt dann schwer ehrlich. Alle hingen übrigens zusammen. Ein von dort soeben in Berlin eingetroffener Anfänger saß vierzehn Tage in den Wiener Kaffeehäusern umher, äußerte sich abfällig über Berlin und seinen steifen Ernst, und wenn dann seine Beziehungen zu Landsleuten funktioniert hatten, trat er in eine Redaktion ein, ihm ganz gleich, ob bei Hugenberg oder Ullstein.

Sie schrieben links und rechts, sie waren Parteiführer und Minister, immer ohne fest verankerte Überzeugungen, jede Drehung, jedes Versetzen eines Freundes war ihnen recht, ihr Herz war leicht und ihr Ehrgeiz wach. Deutschland? Die Republik? Für sie waren es Gelegenheiten und kleinere Übel, da nun einmal Wien nicht mehr genug Platz für alle hatte. Sie waren mit dem Land nicht wirklich verbunden und daher auch nicht berufen, im vollen Ernst zu kämpfen für die politische und soziale Gestalt, die dies Volk sich gegeben hatte. Ihre Sache war es nicht, einzustehn für eine noch unfertige, aber höchst lebendige Demokratie, für die sie wenig Verständnis hatten. Zu viele Österreicher in wichtigen Stellungen, glänzend als Macher und angenehm im Verkehr, das hat viel beigetragen, daß dieser ohnehin schwache Staat in Stücke ging.

Der große Mann von österreichischer Herkunft hat sich auf Deutschland gestürzt wie die anderen seinesgleichen, nur daß sein Ehrgeiz weiter ging. Aber auch der seine wurde durch die Umstände bestimmt und richtete sich nach ihnen. Eine Künstlernatur wie die übrigen, betätigte er sich nicht nur als Anstreicher; er malte Bilder und schickte sie der Jury, die sie ablehnte. Gewisse Mitglieder der Jury bereuen es bitter, jetzt, da er es auf einem anderen Gebiet zu etwas gebracht hat.

Es hatte nur an ihnen gelegen, daß er, anstatt Diktator zu werden, ein verfehlter Künstler blieb.

Wenn andererseits der Zufall es wollte, hätte er der Republik dienen können, vielleicht sogar in hoher Stellung, wie so viele seiner Gattung. Auch diese Gelegenheit ist verpaßt worden. Niemand ist rechtzeitig aufmerksam geworden auf so viel guten Willen. Der Mann hätte alles gemacht, er mußte nur irgendwo unterkommen. Man hat ihn sich draußen verzehren lassen; es liegt daran, daß gewisse gute Beziehungen zu einem gegebenen Zeitpunkt versagt haben müssen. Schuld trägt aber auch die bürokratische Stufenleiter in den Gewerkschaften und Arbeiterparteien. Denn dort stieg jeder Fügsame nur allmählich auf und verrichtete die laufende Arbeit.

Nun war der große Mann von Natur nicht arbeitsam. Er war sogar der geborene Arbeitslose. Sein ehrliches Handwerk hat er wohl nur um das zwanzigste Lebensjahr ausgeübt. Dann kam der Krieg, dann die Revolution und endlich ein kurzer Augenblick, wo man die Wahl hatte, ob man mittun oder sich empören wollte. Der große Mann hatte aber gar kein Empörertemperament, ihm stand der Sinn eher nach Nichtstun, ohne daß er deswegen auf die Freuden des Lebens hätte verzichten mögen. Er hatte ein paar Genossen, sie waren, wie er, demobilisiert und durch den Krieg arbeitsunwillig geworden. Mit ihnen zusammen sah er zu, wie die Republik sich herumschlug, empfand aber keinerlei Wohlwollen für die Arbeiter, die doch seinesgleichen waren und denen der neue Staat die einzige Aussicht gewährte auf Befreiung und Aufstieg.

Gleichwohl ließ er sich anwerben für die Reichswehr und fand sogleich Verwendung als Spitzel bei staatsfeindlichen Verbindungen, auch bei der Bewegung, die später nach ihm selbst benannt wurde. Damals stand sie zwar erst in ihren schwachen Anfängen. Einigen Unzufriedenen war es versagt, am Bestehenden mitzuarbeiten. Geweigert hätten sie sich sicher nicht, allerdings hätten sie von jeder regelmäßigen Tätigkeit entbunden werden müssen. Statt dessen saßen sie jetzt in einer schlecht besuchten Münchner Kneipe und schmollten. Zuerst waren sie sieben, mitsamt dem großen Mann, der sie bespitzelte. Fast war er beim Elend angelangt, nach einer fast bürgerlichen Jugend. Dem mußte auf alle Fälle abgeholfen werden. Sie hatten erstens, was sie dem Leben nachtrugen, enttäuschte Hoffnungen und ungestillten Hunger. Zweitens hatten sie eine Ahnung, daß dieser Staat eigentlich verwundbar sei. Er bot seinen Feinden zu viele Blößen, denn hervorgegangen war er aus einer militärischen Niederlage. Die sieben Schnapphähne, darunter der große Mann, werden sich in ihrem Eckchen gesagt haben, die Nation sei doch in ihrer Eitelkeit verletzt, und stoße man nur heftig genug an die Wunde, dann werde sie wieder aufgehn. Wer weiß, was dann aus ihnen selbst noch alles werden konnte. Der große Mann war nahe daran, zu vergessen, daß er für die Republik spitzelte.

Indessen ist nicht anzunehmen, daß er schon zu jener Zeit sich den Kopf zerbrochen hat über den Umsturz der Republik, oder den militärischen Wiederaufbau Deutschlands oder die Rettung des kapitalistischen Systems, das vor ihm niemals ernstlich gefährdet war. Nein, sondern er kam nur bis zur Verneinung und ist auch niemals weiter gelangt, selbst nicht, als er später eine Armee und unvorstellbare Geldmittel zur Verfügung hatte. Auch dann war dies alles nur Werkzeug, das zerstörenden Trieben diente und seinen Begierden endlich Befriedigung versprach. Die bestehende Ordnung hatte ihnen keine gewährt.

Der Haß sogar, erster Antrieb der Persönlichkeit und ihrer ganzen Bewegung, war anfangs zögernd und kleinlich. Schwung bekam er erst, großartig und des großen Mannes würdig wurde er erst im Verlauf seiner Taten, die ausschließlich in Reden bestanden. Er ist immer mehr gewachsen, je häufiger er loslegte und sich in Wut redete, zuerst vor zwanzig Personen, und mehrmals kamen noch weniger. Als er nicht ohne schwere Befürchtungen in einen größeren Saal übersiedelte, liefen ihm gleich vierhundert Hörer zu, dann zweitausend, und er war gemacht.

Er verdiente es durch seine wirkliche Rednergabe. Diese äußerte sich darin, daß er jedes beliebige Zeug überzeugend und dramatisch von sich geben konnte. Fremd waren ihm alle Bedenken hinsichtlich der Mittel, zu denen er griff, um die Wirkung zu erzwingen. Hauptsache war, daß diese allabendlich eintrat. Alle mußten weinen wie die kleinen Kinder, und wirklich, wer ihm zuhörte, vergoß heiße Tränen. Er sah zu seinen Füßen alte Professoren der Universität München; sie waren aus Neugier gekommen, wollten diesen ungebildeten Redner mal begutachten, aber ganz unerwartet kriegte er sie dermaßen in seine Gewalt, daß auch ihnen die Wangen naß wurden.

Die Sache war, daß er unbewußt seinen Ausgangspunkt richtig gewählt hatte. München hat tatsächlich anfällige Nerven bekommen durch den hundertjährigen Verkehr mit Künstlern jedes Kalibers, denen dort eine übertriebene Bedeutung zufällt, weil diese Mittelstadt nicht grade der Sitz der wichtigsten Wirtschaftsgruppen ist. Infolgedessen ergreift die Hysterie dort Leute, die anderswo normale Ladenbesitzer wären. Eine ganze Bevölkerung bekundet merkwürdige Anlagen für das Komödiespielen und eine ausschweifende Einbildung, aber andererseits bewahrt sie sich die rauhe Kargheit ihrer bäurischen Vorfahren. Von Zeit zu Zeit bewirkt das Anfälle einer höchst eigentümlichen Verwilderung. Wer die Leute verrückt schwatzen will, hat hier ungewöhnliche Aussichten. Immer nimmt jemand das wahr, nicht umsonst gibt es hier Tausende verfehlter Künstler.

Der große Mann mußte sich noch zehn Jahre lang abzappeln, bis er Deutschland in die Hand bekam. München hatte er gleich. Soziale und seelische Wandlungen, denen er selbst nicht fremd war, brachten es mit sich, daß in der Zwischenzeit ganz Deutschland dem in München heimischen Geisteszustand nahekam, ja, ihn übertraf. Jetzt oder nie war die gute Gelegenheit für einen Massenverführer. Massen aber verführt man durch das Geschlecht.

Er hatte ganz richtig bei den reifen Frauen angefangen; die boten sich ihm als erste Stützen an. Seiner Sendung zuliebe verschmähte er sie nicht, bevorzugte freilich bei weitem die männliche Draufgängerei der Knaben. Er selbst bezauberte hauptsächlich mit weiblichen Reizen besonderer Art. Gleich der Straßenvenus bekam er seine ganze Schönheit erst am Rande des Mordes und mit Schaum vor dem Mund. Dann keuchten die Massen unter seinem überwältigenden Ansturm, und rückhaltlos ergaben sie sich diesem fürchterlichen sex-appeal.

Jeder hat ihn gehört, seit er über den Rundfunk verfügt. Er beginnt mit einer ungepflegten Stimme und hinterwäldlerischen Aussprache, schleppend, aber drohend. Bald steigert sich sein Ton und wird der des schlechten Volksstücks, des pöbelhaften Klamauks, schreiend, vor Wut sich brechend. Endlich gibt er das Letzte her: dann erscheint das nackte Urwesen, die Venus entsteigt ihrer Schlammflut und stellt sich schamlos aus mitsamt ihren Schäden, die offenbar den Trieb der Menge noch mehr aufpeitschen. Man sieht eine bösartige Frau und sieht, warum sie geliebt wird. Sie wendet sich schroff an die Leidenschaften, die niemand eingestehen würde, sie aber reißt ihnen die Maske ab. Vor allem wird sie nie vergessen, dazwischen weinerlich zu werden, wie wenn eine gemeine Komödiantin das arme Opfer spielt. „Wir werden verfolgt!“

Gegen Schluß seiner Reden fragen manche Hörer sich in tiefster Seele beleidigt, ob denn niemand den Kranken, einen Epileptiker offenbar, abführt und zu Bett bringt. Die Ärzte, vorausgesetzt, sie dürften ihre Diagnose stellen, ohne daß sie dafür eingesperrt werden, sprechen wohl von Verfolgungswahn. Nach seinen Taten werden sie den großen Mann, heute in seiner Allmacht, einreihen unter die Verfolgungssüchtigen aus Verfolgungswahn. Der Redner selbst aber, der die Massen vergewaltigt und schändet, hat davon gleichzeitig einen Genuß, würdig seines empfindlichen Künstlertums. Der Künstler in ihm ist verdrängt, ist überreizt, und da die Schaffenskraft nun einmal fehlt, hat er, um zu seiner Wirkung zu kommen, nur eins gefunden. Er zieht sich aus bis auf die Haut vor allen Leuten – sie können nicht genug staunen über diese anstandslose Selbstenthüllung eines Menschen mit allem, was er eigentlich verbergen sollte.

Verdrängung, Überkompensation, Komplexe, der ganze Freudsche Wortschatz wäre anzuwenden; und wäre der große Mann persönlich sich dessen nicht bewußt, einige der Seinen wissen genau, woran sie sind. Es ist ihnen klar, daß er selbst wie auch seine glänzende, erfolggekrönte Bewegung ausgegangen sind von zweideutigen Gegenden der Menschennatur, die eine Aufhellung nur schlecht vertragen würden. Erst unter diesem Gesichtspunkt versteht man, warum sie alles Analytische und daher die ganze Literatur, die davon lebt, so furchtbar hassen. So sieht es aus am Grunde der Anbetung, die der große Mann genießt. Sie wird ihm dargebracht von Zeitgenossen, die dem Irrationalen verfallen sind und sich nach Herzenslust darin wälzen.

In dem Augenblick, als er zur Macht kam, wollte er es gar nicht. Er wurde herangezogen von Leuten, die auf das Ganze gingen, um ungeheure Unterschlagungen zu verdecken. Eine Korruptionsaffäre war der Anlaß. In ihrem Gefolge wurde er der blutige Gebieter eines Landes, das er sonst immer vergebens begehrt hätte. Ein weiterer Anlaß war seine Furcht vor dem Gefängnis. Denn er hatte nur die Wahl, vom General von Schleicher verhaftet zu werden oder sich von den anderen zum Kanzler machen zu lassen. Schon 1923 während eines ersten Putschversuches hatte er sich als feig erwiesen. So außerordentlich feig darf nur jemand sein, der sich für noch ganz andere Gemeinheiten aufspart.

Als Machthaber völlig ohne Aufsicht, besonders ohne die eigene, bekam er endlich die Möglichkeit, sich frei zu entfalten. Zuerst faßt man sich an den Kopf, wenn man die Folgen sieht. Diese werden aber bedingt durch die Herkunft des Diktators. Deutschland hatte das nie gekannt, nie diese peinliche Gesinnungsschnüffelei, nie eine solche Polizei, die vor dem Privatleben der Steuerzahler nicht haltmacht. Verfolgungen waren bei uns nicht üblich, sogar unter dem Kaiserreich lebten wir im Schutz der unverletzlichen Gesetze. Man kann sagen, daß der deutsche Staat hart gewesen war. Wozu er aber niemals gegriffen hatte, waren überlegte Grausamkeit und Haß.

Das war Habsburgisches Erbe. Die hatten ihre Deutschen und Ungarn ausgespielt gegen ihre Slaven und Italiener, und gradeso benutzt der große Mann, als Nachfolger Habsburgs, die deutschen Parteien. Der Rassenhaß war als Regierungssystem unbekannt gewesen im Lande des Freidenkers Friedrich und des heute so liberal anmutenden Bismarck. Der Antisemitismus behielt hier immer etwas von einem verschämten Pechvogel. Er hatte warten müssen, bis der große Mann erschien und ihn ehrlich machte; da erst durfte er sich austoben im Licht der Sonne.

Der Unterdrückung gesellt sich das Belieben eines einzelnen, ein Absolutismus, von dem kein deutscher Fürst uns jemals einen Begriff gewährt hatte. Das geht so weit, daß das Dritte Reich, nach dem Geständnis seiner Anhänger, gleichbedeutend ist mit der Person seines Herrn und Meisters. Nach seinem Fortfall ist sein Reich nicht mehr vorstellbar, und ganz so lag es einst mit Franz Joseph. Zwanzig Jahre, bevor dieser starb, war genau bekannt, daß es nach ihm kein Österreich mehr geben werde. Es sei nicht vergessen, daß der alte Kaiser harmlos geworden war und sich nichts mehr zuschulden kommen ließ. Gleichwohl hat die Unterdrückung, wie auf der anderen Seite auch die Freiheit, ihre Überlieferungen; und die eigentliche Herkunft aller Unterdrückung liegt für ganz Europa in der Wiener Hofburg.

Auch Italien hat zur Knebelung von Italienern nur die Methoden wieder aufgenommen, die es einst der österreichischen Herrschaft abgesehen hatte. Deutschland aber schoß den Vogel ab, sein Herr wurde der echte Österreicher, und nie hat es sich so tief gebeugt. Es grüßt Jahrhunderte der Knechtschaft und tut, was es kann, damit sie auferstehn zu Ehren des großen Mannes, der von manchen Seiten gesehen altertümlich wirkt.

Im Rausch der Unterwerfung findet Deutschland auch nichts bei besonders österreichischen Zügen, über die es sich früher einfach lustig gemacht hätte: das falsche Künstlertum, das von der eignen werten Person nie loskommt, die Verlogenheit, Komödianterei und Gefühlsduselei. Der Betreffende schreckt nicht davor zurück, der Welt, die einfach paff ist, mitzuteilen, er gedenke sich „am Grabe seiner Eltern zu sammeln“. Das Grab liegt in Österreich, und er wollte sich dort keineswegs sammeln, er wollte hetzen. In Wien muß man herzlich gelacht haben. Dort durchschaut man ihn zu eingehend, als daß man seinem Zauber je erliegen könnte, und der Widerstand des kleinen, aber klug und vorsichtig gewordenen Österreich gegen seine Umklammerung ist ein richtiger Familienaufruhr.

Ganz in Anspruch genommen von seiner eigenen, nunmehr berühmten Persönlichkeit, hatte der große Mann immer verschmäht, irgend etwas zu lernen. Dabei beharrt er. Er ist nach wie vor der eingefleischte Arbeitslose, der einst in den kleinen Münchner Kneipen auf Gelegenheiten paßte. Wie damals, drängt er sich vor, unbeschwert von Grundsätzen, Lehren und besonders von vertieften Studien. Man kann versichert sein, daß er Marx nie gelesen hat. Wäre der Marxismus in Mode, sofort wäre er sein Vorkämpfer. Er ist überzeugt, daß Ideen durch sich selbst nichts wert sind. Nicht dem geistigen Schöpfer gebührt dafür Ehre, sondern dem Agitator, der sie unter die Leute bringt und sich selbst herausstellt. Dies betont er in seinen Denkwürdigkeiten, die er vor dem vierzigsten Lebensjahr niederschrieb. Deutschland, sein Verfall und seine Erhebung kommen auch darin vor, aber nur als Begleiterscheinungen seiner eigenen hohen Bedeutung.

Weil er es ist, darf auch sein Wahlvaterland sich alles herausnehmen. Es darf sogar seinem Zusammenbruch entgegeneilen und noch andere damit bedrohen. Vorausgesetzt, daß er sich jeden Tag als Mittelpunkt einer anderen Volks- oder Militärschau fühlen darf, macht es ihm kaum Sorge, was aus einer Nation wird, mit der er dann eben fertig ist. Anders wäre so viel Gewissenlosigkeit nicht zu erklären bei dem großen Mann. Alles was er tut, ist das Gegenteil seiner Versicherungen. Schließlich ist doch er der große Bezwinger des Marxismus – in Worten, denen er Nachdruck verleiht durch Absetzungen und Einkerkerungen, nicht zu reden von den Morden. Aber auch das Zeitalter der Enteignungen hat er eingeleitet. Auf seinen Befehl werden Bankguthaben beschlagnahmt, und die Gewerkschaftshäuser ebenso wie das Eigentum bekannter Persönlichkeiten der Linken werden einfach weggenommen. Man dringt ein, raubt die Autos, verbrennt die Bibliotheken, gleichviel, ob private oder öffentliche. Plündern ist eine Einrichtung geworden.

Die Konzentrationslager dienen nicht nur für Marxisten. Unter den Gefangenen sind einfache Händler, sie haben nichts weiter getan, als daß sie für die Butter verlangten, was sie wert war. Zeitweilig haben sogar mehrere der hochheiligen Industriellen ihnen Gesellschaft geleistet. Mit welchem Recht schließt ein Verteidiger der kapitalistischen Gesellschaft die Nachtlokale, die so wesentlich zu ihr gehören? Wieso zwingt er auf der anderen Seite die Leute, Unternehmungen weiterzuführen, obwohl sie daran nur noch zugrunde gehen können? So viele jüdische Häuser kann man dem Bankrott in die Arme treiben, ungerechnet die nichtjüdischen, die infolgedessen auch zusammenbrechen: und trotz all dem bleibt man immer noch der Retter des Kapitalismus? Die Selbstmörder liegen zu Haufen da, das Land verwandelt sich in ein Schlachtfeld, bedeckt von Dunkel und Geheimnis. Unterhalb der großsprecherischen nationalen Revolution gleitet es unversehens in eine wirkliche, und die wird marxistisch sein. Bevor es etwas merkt, ist es mitten darin. Davor bewahren weder die Rekord-Aufträge an die Rüstungsindustrie noch die Versklavung der Arbeiter; sie kam viel zu schnell und überraschend, um von Dauer zu sein.

Droben, wo der große Mann sich Bewegung macht, rühmt er sich seiner Zertrümmerung des Marxismus, und nach jeder Zertrümmerung verkündet er wieder, er verfolge ihn. Es scheint so. Die Wahrheit ist, daß es ohne ihn in Deutschland überhaupt keinen tatbereiten Marxismus gäbe. Unter der Republik schlummerte er.

Aufgewacht ist er von dem Geschrei der Rassenbrüder: Deutschland erwache! Ein Wiedereinschlafen gibt es für ihn nicht; er lebt fortan dank der Wirksamkeit derer, die ihn in Grund und Boden stampfen wollen. Ihre Gewalttaten, die durchaus in seinem Sinn sind, werden um so schneller sein Glück machen.

Solche Gedanken liegen niemandem so fern wie dem großen Mann. Der hält die Wirtschaftsführer, nach allen ihren Niederlagen und denen des Landes, noch immer für die Krone der „arischen Rasse", die es gar nicht gibt, und die Arbeiter für den Abfall derselben erfundenen Gattung. Der große Mann ist träge, aber die Beschäftigung mit den gesellschaftlichen Umschichtungen würde ihn zum Nachdenken nötigen. Nicht nur um das Volk zu betrügen, sondern vor allem zu seiner eigenen Bequemlichkeit läßt er vor den wirklichen Vorgängen, so daß sie unsichtbar werden, einen Märchenfilm ablaufen. Die Zuschauer werden mit vorgehaltenem Revolver dahin gebracht, dies für die Wahrheit zu halten. Er selbst aber kennt gar keine andere.

Es liegt ferner an der Geistesbeschaffenheit des großen Mannes, daß er überhaupt nicht unterscheidet zwischen Ideen und Menschen. Wenn er die Menschen hinter schwedischen Gardinen hat, dann ist er überzeugt, er habe auch die Ideen beseitigt. Für ihn bleibt alles, was der Geist vermag, immer darauf beschränkt, daß ein Redner sein Publikum fest in der Gewalt hat. Dafür muß der Redner allerdings in Freiheit sein; und da nicht der Kommunist, sondern er selbst sich der Freiheit erfreut, scheint ihm die Frage endgültig entschieden.

Dann kommt noch etwas hinzu bei diesem erstaunlichen Revolutionär. Seitdem er selbst in Glück und Wohlstand sitzt, bestimmt er von oben herab, daß die Revolution jetzt aber auch vorbei ist. Ja, seine Parteigänger, soweit sie darin anderer Meinung sind, werden von ihm behandelt, als wären sie bloß Marxisten. Das ist nun wirklich neu: das Ende einer Revolution durch amtliche Verfügung. Er ist noch nie auf den Gedanken gekommen, daß sie längst vor ihm, schon 1914 begonnen hatte und daß sie nach ihm weitergehen wird, wahrscheinlich bis 1940. Sie wird erbitterter weitergehen, noch blutiger sogar, als er sie gewollt hatte. Indessen wird nur er der Schuldige sein, so viel äußerstes Geschehen noch folgen mag auf seine Ausschweifungen. Übrigens ist mit Sicherheit anzunehmen, daß er sich jeder Verantwortung entziehen wird. Wenn die Stunde der Abrechnung schlägt, wird er im Flugzeug auf und davon sein. Nicht umsonst ist der große Mann ein glühender Verehrer der technischen Beförderungsmittel.

Natürlich begreift er nicht im geringsten, daß die Geschichte ihn nur als Übergang benutzt. Er nimmt alles wörtlich. In seinem Buch stößt man auf Stellen – vor so viel Mangel an Selbsterkenntnis bleibt einem die Spucke weg. Er schreibt: „Im politischen Leben pflegen solche Nullen, wenn ihnen das Schicksal die Herrschaft vorübergehend in den Schoß wirft, nicht nur mit unermüdlichem Eifer die Vergangenheit zu besudeln und zu beschmutzen, sondern sich selbst auch mit äußeren Mitteln der allgemeinen Kritik zu entziehen." Weiß er denn Bescheid? Ist ihm seine Lage klar? Ach nein, hier meint er den armen Ebert, der sich zwar keineswegs für den Mann des Schicksals gehalten hat. Er war wohl eher vom Zufall bestimmt. Dafür besaß er gesunde Nerven, hatte sein Leben lang gearbeitet und war Deutscher. Ferner brauchte seinetwegen die Welt keinen Krieg zu befürchten.

Grade darauf beruft sich der große Mann und „entzieht sich der Kritik“. Die Ehre eines Landes fordert, daß es gefürchtet wird. Verrat ist jede Bemühung um einen Frieden, der nicht geladen mit Drohungen ist. Gebrüllt muß werden bis zur Besinnungslosigkeit, daß man sich schlagen will, oder auch, daß man sich zwar nicht schlagen, aber alles mögliche annektieren will, was man nie bekäme, ohne sich zu schlagen. Jedenfalls brüllen! Sonst ist man ein Verräter!

„Sowenig wie die Hyäne von Leichen, werden die Marxisten vom Verrat lassen“ – soll heißen, daß sie einfach nichts für den nächsten Krieg tun. Dieser so geschmackvolle Ausspruch des großen Mannes möchte ihn, wie eine ganze Menge ebenso kriegerischer Sätze, als Nachfolger Friedrichs und Bismarcks hinstellen. Indes haben diese beiden Realisten vorsätzlich und zu genau bestimmten Zwecken Kriege herbeigeführt, die durchaus vermeidbar waren, aber wenigstens gingen sie von klaren Tatsachen aus. Er dagegen weiß gar nicht, ob er jemals Krieg führen wird, Lust dazu hat er bestimmt nicht. Durch ihn wird der Krieg allerdings wahrscheinlich; aber darum weiß er immer noch nicht, welche Ausdehnung der Krieg annehmen wird und wozu er überhaupt nützen soll. Der große Mann ist nicht einmal sicher, wer seine Gegner sein werden.

Die Hauptsache ist, vom Krieg zu reden und die Gefahr, sei sie nahe oder fern, dauernd wach zu erhalten. Einmal geht es um die frist- und restlose Wiederaufrüstung, das andere Mal ist man in höchster Sorge über Verfolger, die nicht namentlich aufgeführt werden, aber, wohlverstanden, „wir werden verfolgt“, was vierzehn Jahre lang nicht der Fall gewesen war. Vor seiner Zeit war in der Stimmung Europas, alles in allem, eine solche Beruhigung eingetreten, daß es schon langweilig wurde. Er hat ausfindig gemacht, wie man Stürme entfesselt, ohne daß man sich auf Kampf einläßt oder auch nur die Verantwortung übernimmt für die Folgen der eigenen Reden.

Der große Mann leistet sich heftige Gemütsbewegungen, aber ihn verpflichten sie zu nichts. Die Erregung seiner Hörerschaft bietet dagegen die Gewähr, vorzuhalten und weiteres nach sich zu ziehen. Erstens wird jedes Publikum, wenn es sich erst hat mitreißen lassen, echter als der beste Schauspieler, denn dieser denkt an seine Technik. Den großen Mann nimmt sie sogar dermaßen in Anspruch, daß die Frage entsteht, ob er sich eigentlich für den richtigen Kanzler hält oder nur für den, der die Rolle übernommen hat. Vor seinem tiefsten Bewußtsein steht vielleicht ein schon mal dagewesener Völkerführer, den der Schauspieler nur packend hinzulegen braucht, dann versagt keine Wirkung.

Sein Künstlertum ist hoch befriedigt. Andererseits braucht er die Kriegsgefahr auch, um an der Macht zu bleiben. Es gäbe gar keinen Grund, warum grade er sie hat, wenn das Land nicht durch ihn und seine Bewegung in einen Rachekrieg geraten wäre: Rache für eine unvergeßliche, nie verdaute Niederlage. Eine merkwürdige Erscheinung ist es, daß die Rache sich im Innern und gegen Deutsche austobt. Das ist die allein zulässige Bedeutung der sogenannten nationalen Revolution. Man macht Jagd auf Landsleute, man tötet sie als Ersatz für auswärtige Feinde, und dann lügt man sich selbst vor, diesmal habe man wieder gesiegt. Weil der große Mann sie mitgerissen hat zu eingebildeten Triumphen und wirklichen Exzessen, wird er von all den Unglücklichen gefeiert, als wäre er Sieger in hundert Schlachten. Die Anbetung eines Volkes ist selten so billig zu haben gewesen, und wer durch einen rick zu einem weitverbreiteten Namen kommt, der verekelt anderen den Ruhm.

Eine der Konflikte und Krisen müde Welt möge dem großen Mann einen Preis für Diplomatie erteilen, weil er eines Tages, ganz ausnahmsweise, gegen den Weltfrieden nichts einzuwenden hatte. Seine rein zufälligen Erklärungen können andere vielleicht beirren, ihn nicht. Er weiß, wie es für ihn steht und welche Leidenschaften ihm das Land ausliefern. Hielte man ihn für einen aufrichtigen Freund des Völkerbundes, schon wäre er verloren. So hatte er damals sein Statisten-Parlament auch nur einberufen, um den Leuten das grade Gegenteil von Friedensliebe einzuprägen. Alle seine Ansprüche wollte er schroffer als je in die Welt hinausrufen. Eine Anweisung aus Rom von seinem väterlichen Vorgesetzten bewog ihn, unerwartet zahm zu reden, aber alle, die dabei waren, haben seine Worte richtig eingeschätzt.

Es war eine Kraftleistung, er probierte aus, wie viel das Volk seiner Anbeter wohl vertrug, und tatsächlich wichen und wankten sie nicht. Sie nahmen seine Friedensbeteuerungen glatt hin, sie bejubelten ihn so rasend begeistert, als hätte er ihnen eine Kriegserklärung verlesen. Der große Mann hat ein Maß persönlicher Geltung erreicht, wo es auf das Gesagte nicht mehr ankommt, sondern nur noch auf den Sprecher. Ebensogut hätte er in jener Sitzung schweigen und auf die Toilette gehen können. Bei seiner Rückkehr hätte man ihn gradeso gefeiert.

Er darf sich alles erlauben; er muß es sogar. Jemand, der wie er gegen klare Tatsachen angeht, sich unausgesetzt widerspricht und weder Grundsätze noch Regeln kennt, der bringt die Gehirne zum Sieden. Ebensooft allerdings versagt vor so etwas das Herz. Man höre ihn reden von den vierzehn Jahren innerer Kämpfe – zu denen nur er selbst gehetzt hat – und von der nationalen Erhebung, die Deutschland den Frieden gebracht haben soll – den Frieden des Friedhofes und des Schlachthofes! Da steht er und nennt sich Freund der Arbeiter, nachdem er sie ausgeraubt und klein gekriegt hat. Oder er gibt Blödsinn von sich über die reine, arisch-deutsche Rasse, die ganz allein alle großen geistigen Eroberungen vollbracht habe – und dabei hat er die jüdischen Gelehrten, denen manche zu verdanken sind, soeben fortgejagt. Bewundert ihn, wie er Redensarten macht über die Selbstmordepidemie, deren einziger Urheber er selbst ist! Seht ihn unterschiedslos die Ideen anderer klauen, bolschewistische, faschistische, republikanische: aber alle versteht er falsch und entwertet sie. Welch eine Frechheit gehört dazu, den deutschen Frauen zu versprechen, ihr Dasein würde wieder werden wie zu Olims Zeiten, es sollte ausschließlich im Schoß der Familie verlaufen und unberührt bleiben von allen Bedingungen des wirklichen Lebens!

Man glaubt ihm oder glaubt ihm nicht, das tut nichts zur Sache. Der Zweck ist nur, sich in Schwung zu halten, ob rednerisch oder sonstwie. Darin besteht der famose Dynamismus. Wahrheitswidrigkeiten nehmen

Leben an, weil sie für national gelten, und man ergibt sich ihnen, bis Tod eintritt.

Der große Mann ist im günstigen Augenblick erschienen, und seine Größe wurde ihm zugesprochen von einer Nation, die nichts mehr sah und hörte als nur ihn: Grund genug, ihn für den längst Erwarteten zu halten. So übertreibt er denn bewußt seine Hysterie. Es ist einer seiner Vorzüge, ein Hysteriker zu sein. Ein anderer Vorzug ist, daß ihm auf den meisten Gebieten die einfachsten Kenntnisse abgehn, daß er nichts gearbeitet hat; und weiter kommt ihm zustatten sein höchst oberflächliches Verhältnis zu dem Lande, das ihn umschmeichelt wie einen Kino-Vamp.

Die großen Männer werden geschaffen von den Völkern; gegen eine solche Gesamtentscheidung gibt es keine Berufung. Übrigens kommt nicht zum ersten Mal einer von ihnen aus den Randgebieten der Nation, fast schon von draußen. Höchstens könnte man unter den Erwählten bedeutende Unterschiede feststellen; man weiß nicht, ob sie auf Rechnung der Nationen kommen. Vielleicht hat nur etwas Glück dazu gehört, daß Frankreich einen Napoleon fand oder von ihm entdeckt wurde. Deutschland verfiel auf einen Erwählten, der anders aussieht. Es ist der große Mann.

Im Reich der Verkrachten

Vollendete Tatsachen üben einen unleugbaren Zauber aus. Daher verraten manche fremde Beobachter der deutschen Ereignisse schon jetzt die Neigung, ihre Auffassung zu ändern. Das Regime besteht nun einmal, und es sucht sich festzusetzen: infolgedessen tritt es für sie an die Stelle Deutschlands. Sie gewöhnen sich, die Hitler-Diktatur, nur weil sie da ist, als den berechtigten Ausdruck dieses Landes hinzunehmen. Sie soll sogar bis heute sein vollständigster sein. Nicht einmal das Kaiserreich soll sein Wesen so lückenlos aufgezeigt haben. Die Republik dagegen, die der Diktatur vorausging, wäre hiernach nur eine Halbheit gewesen, ein Ausfluß von Furcht und Heuchelei.

Erst jetzt meint ein solcher Zuschauer, der wahren Selbstenthüllung der deutschen Nation beizuwohnen. Ihre ganze Vergangenheit bekommt in seinen Augen einen einheitlichen Sinn, mit dem Rassenstaat als letzter Verwirklichung.

Nun ist es vollauf berechtigt, wenn man sich ein so unsicheres Wesen wie die deutsche Nation ganz genau ansieht. Schon früher fand man reichlich Grund, ihm zu mißtrauen, und jetzt endlich versteckt es sein wahres Gesicht nicht mehr. Ich möchte nur darauf aufmerksam machen, daß die betreffende Nation die Mitte des Kontinentes einnimmt. Ohne sie kann es keine europäische Politik geben, besonders aber nicht das geeinte und befriedete Europa, das allen vorausblickenden Geistern unabweisbar erscheint. Auf ihm beruht die Zukunft der westlichen Welt. Eine andere hat sie nicht.

In Deutschland allerdings ist eine Minderheit zur Macht gelangt und erhält es dauernd im Bürgerkrieg. Andere unterdrücken und ihnen das Wort verbieten, das ist nicht in Friedenszeiten üblich, es bedeutet Kriegszustand. Man fühlt sich offenbar als Eroberer, wenn man Gegner einkerkert, andere Gegner zur Flucht ins Ausland oder in den Tod treibt, wenn man die meisten zu einer scheinbaren Unterwerfung zwingt oder aber sie verrückt macht mit einer Propaganda, die System hat und dennoch ganz aus Rand und Band ist. Grade die Notwendigkeit einer solchen Propaganda beweist zweifellos den Kriegszustand des Landes. Die Wahrheiten des Regimes müssen auf schwachen Füßen stehen und äußerst strittig sein, wenn ein beispielloser Apparat in ihren Dienst gestellt wird. Die einfache Wahrheit, der ein allgemeines Interesse entspricht, hat noch nie eines solchen Aufwands an Lärm bedurft, um durchzudringen.

Wer das gegenwärtige Regime als eine Enthüllung und als etwas Endgiltiges ansieht, sollte doch bedenken, daß es der genaue Gegensatz ist zu Daseinsbedingungen, die Frieden und Menschlichkeit atmen; und die ersehnen die meisten Zivilisierten, die deutschen nicht ausgenommen. Mag der Augenschein gegen Deutschland sprechen, man darf doch der Hitlerei nicht die Ehre einräumen, als verkörperte sie die deutsche Seele. Sonst müßte man damit rechnen, daß in der Mitte Europas eine Nation sitzt, die mit ihrer ewigen Widerspenstigkeit seine Wiederherstellung ein für alle Male vereitelt.

Das ist nicht bewiesen, und man kann sich leicht vom Gegenteil überzeugen. Da ist zum Beispiel der wohlbekannte Stimmungsumschwung in Österreich. Dort war die reichliche Hälfte der Bevölkerung für den Anschluß an Deutschland gewesen, solange Deutschland eine Republik war. Seitdem will niemand mehr etwas davon wissen, nicht einmal die österreichischen Faschisten. Nun betrachtet sich aber dies Land als den zweiten deutschen Staat, und ungeachtet einer gründlich abweichenden Geschichte sind Österreicher und Süddeutsche doch nahe verwandt. Es ist unglaubhaft, daß jene fast einmütig die Hitlerei ablehnen würden, wenn sie in ihr etwas wahrhaft Deutsches sähen.

Daraus ergibt sich mit aller Deutlichkeit, daß Bayern genauso gehandelt hätte; nur war es nicht frei und ist überwältigt worden. Das katholische, demokratische Land wurde von den Banden der Rassenfanatiker gefesselt und ausgeplündert. Inzwischen standen Wachen mit aufgepflanztem Bajonett an den Betten der schwer verwundeten Minister. Die Hitlerleute behaupten, in Deutschland sei Revolution gewesen. Ach nein, es war eine Eroberung. Es war die gewaltsame Unterwerfung eines Volkes, das keinen Widerstand mehr wagte.

Denn die Gewalt in Reden und Taten wütete schon zu lange, an Gegenwehr dachte längst niemand mehr. Auf die Machtergreifung Hitlers war man im voraus gefaßt gewesen, sie erschien wie das Verhängnis. Die Massen waren hypnotisiert von dieser Propaganda. Die republikanischen Führer aber, die nicht Schluß mit ihr gemacht hatten, als sie es noch konnten, verloren zuletzt sogar die Achtung voreinander. Die Republik ertrank, ihr ging die Luft aus. Das ist schwer zu verstehen, wenn man die letzten Monate der Republik nicht miterlebt hat. Man versetze sich in einen Geisteszustand, der keine Hoffnung mehr zuläßt, aber an das Ärgste will auch niemand glauben. Die Menschen starren tatenlos der

Katastrophe entgegen, und ihr Gefühl ist trotz allem, bis zur letzten Minute, das der Verachtung!

Noch sehe ich sie beisammen in einem Berliner Hause, die Minister, Parlamentarier, Schriftsteller, alle gezeichnet als Opfer einer wilden Gewalt, die heraufdrängte, schon die Krallen nach der Macht ausstreckte und den Zugriff nicht mehr erwarten konnte. Sie selbst hatten die kommenden Ausschreitungen heraufbeschworen, grade weil sie so zivilisiert waren, grade weil sie nur Verachtung hatten für blinde, barbarische Kräfte. Jetzt kam ein ekelerfülltes Lachen sie an, oder auch eine plötzliche, späte Empörung. Der eine überließ sich einem widersinnigen Optimismus, ein anderer war sogar neugierig. Was sollte eigentlich los werden? Darauf brauchten sie nicht mehr lange zu warten.

Die Republik mußte unterliegen, weil sie ihren Feinden alle Freiheiten gelassen hatte, sich selbst aber keine einzige herausgenommen hatte. Sie hatte die Massen für sich gehabt und hätte sie behalten, sie brauchte nur zu wollen. Sogar ihre Untätigkeit entfremdete ihr nur nach und nach ihre Mehrheit, und als die Hitlerei schon an der Macht war, blieb sie immer noch in der Minderheit, solange bis sie sich zur glatten Gewaltanwendung entschloß. Das Zeichen war der Reichstagsbrand. Ohnedies hat die Diktatur keine Verwendung für das Gebäude.

Die Tatsache, daß so gewaltsam vorgegangen werden mußte, spricht auch wieder dafür, daß das Volk eben nur mühsam und künstlich zu erobern war. Die entfesselte Propaganda hatte es noch nicht genügend vorbereitet auf eine solche Wirtschaft! Zuerst mußte es dahin gebracht werden, daß es unwiderrufliche Niederträchtigkeiten selbst beging. Die Jagd auf Juden war eine Schändlichkeit, die zum Volksfest wurde, mit Ausstellungen und Gebrüll. Deutsche Schande waren die Masseneinkerkerungen, Folterungen und Morde, die Absetzungen und Verfolgungen der Republikaner, die Marxisten genannt wurden, und aller denkenden Menschen links, denen man den Namen Kulturbolschewisten anhängte. Angefangen aber hat mit dem allen nicht das deutsche Volk. Die sind schuld, die es dringend nötig hatten, dies Volk gemein zu machen, damit es endlich bei ihnen selbst anlangte!

Das ist der Sachverhalt. Gewissenlose Individuen hatten sich zusammengefunden, um Mißbrauch zu treiben mit den schlecht bewachten öffentlichen Freiheiten. Außerdem hatten sie sich die Krise zunutze gemacht, und von ihr war noch mehr die Seele des Volkes ergriffen als seine Wirtschaft. Mit diesem Volke konnte man alles anfangen. Man kann es mit jedem anderen Volk auch, in Zeiten, da es sich ratlos und mit sich selbst nicht im reinen fühlt. Gradesogut hätte man es auf den Weg menschlichen Wohlwollens hinleiten können. Ich kenne es zeit meines Lebens und kann versichern, daß es der Güte fähig ist wie nur irgendeine andere Nation. Die ersten Zeiten der Republik brachten mir dies ergreifend nahe. Damals bestand zwischen den Klassen der Gesellschaft, zwischen der bewaffneten Macht und den Bürgern ein Vertrauen, das dieses Land noch nie gekannt hatte.

Gierige, bösartige Individuen fanden sich, behufs Zerstörung einer in Bildung begriffenen Demokratie. Sie kamen diesem Land lieber vermittels des Hasses bei, und der lag ihnen auch besser. Denn bei ihnen handelte es sich um Verkrachte. Das muß im Auge behalten werden. Keiner von ihnen hatte in seinem ganzen Leben etwas Nützliches gearbeitet. Keiner von ihnen hatte die geringste Aussicht, zu etwas zu kommen, außer, wenn er zerstören und hassen durfte. Sie hatten weder Talente noch Erfolge aufzuweisen, ihnen wäre nichts übrig geblieben als zu versumpfen. Ihr erbärmliches Dasein grenzte schon an die Unterwelt. Und grade ihre persönlichen Rachegelüste, grade ihr giftigster Neid sind die Quelle ihrer Kraft. So traurig es ist, damit konnten sie eine ganze Nation in einen Zustand versetzen, daß sie den allgemeinen Widerwillen erregte. Zur Verteidigung meines Landes stelle ich fest, daß vor allem sie ihn verdienen. Sie allein sind verantwortlich.

Man blicke auf ihre Taten! Diese Sieger benehmen sich wie Verkrachte, so regellos und krank. Nichts wissen sie davon, daß Maß und Voraussicht geboten sind, wenn eine endlich erlangte Stellung zu etwas dienen soll. Gewöhnlich ändert sich das Bild, sobald ein Agitator es bis zum Staatsmann gebracht hat. Diese Brüder bleiben auf dem Gipfel der Allmacht, was sie auch schon während ihrer elenden Anfänge gewesen waren: Haßsüchtige. Wenn sie den „Marxismus“ zerstört haben, zerstören sie ihn nochmals. Menschen, die mehr wert waren als sie, haben sie zugrunde gerichtet, haben sie zum Selbstmord getrieben, machen dauernd so weiter, und das ist alles. Darin besteht all ihre Macht.

Sie denken nicht daran, die von ihnen aufgehobene Ordnung wiederherzustellen. Ihre Gewalttätigkeiten werden nur immer irrsinniger, jeden Tag erfinden sie neue, und nichts weiter werden sie je erfinden. Da wird beschlagnahmt und enteignet von Leuten, die sich Antimarxisten nennen. Dann sind sie also Diebe. Sie vergreifen sich am Privateigentum und bilden sich ein, die Zugriffe ließen sich beschränken auf ihre politischen Gegner. Aber die Luxusautos, nach denen sie schielen, und die fettesten Bankguthaben gehören keinen Marxisten. Es ist nicht aufzuhalten, daß Haß und Gier, die sie zur Grundlage ihres „Systems“ gemacht haben, Gift einführen in alle Beziehungen von Mensch zu Mensch, ohne Unterscheidung von Rasse und Partei. Man denunziert als verdächtig ganz gewöhnliche Konkurrenten, die man loswerden will.

Der Einfall, der sie persönlich am besten zeigt wie sie sind, ist der Scheiterhaufen zum Verbrennen von Büchern, die sie selbst nicht hatten schreiben können. Zusammengefaßt war das eine ganze Geisteskultur, sie aber waren ausgeschlossen von ihr, infolge Unbegabtheit. Verkrachte! Die dürfen sich endlich rächen für alles vergangene Ungemach. Er war nicht zugelassen worden unter die bekannten Schriftsteller, der winzige Literat, der als Minister dann alle seine angesammelten Mißgefühle auspackte. Er redete angesichts der brennenden Arbeiten derer, die ihm so lange den Weg versperrt hatten. Künftig werden die Bühnen ihn allerdings spielen müssen, und wehe dem Publikum, das nicht herbeiströmt und klatscht!

Schamlos in solchem Ausmaß ist man nur bei Geistesstörungen, und die treten denn auch deutlich hervor an allen diesen Verkrachten, seit sie aus dem Dunkel tauchten. Einer hatte sich zum voraus amtsärztliche Atteste verschafft und sich seine Unverantwortlichkeit bescheinigen lassen. Dieser Mensch konnte nach amtlichem Zeugnis seine paar Gymnasiasten nicht mehr unterrichten, jetzt aber kann er plötzlich das ganze Erziehungswesen umgestalten und die Akademien säubern. Dann ist da einer, der schon mal wegen Geistesgestörtheit interniert war. Der ist jetzt der starke Mann der Bande. Seine Nächte verbringt er an einem schwarz bezogenen Tisch, zwischen zwei Kerzen, und hinter ihm hängt ein echtes Richtschwert. Literatur fünften Ranges, und das blüht, das herrscht!

Ein Spezialist, der übrigens national gesinnt war, hat ein bekanntes Gutachten abgegeben über den Führer der ganzen lieblichen Gesellschaft, über seine Schlechtrassigkeit und den mangelhaften Betrieb seines Hirns. Lassen wir das, es ist ohnehin klar, daß gewöhnliche Abenteurer bei einiger geistiger Gesundheit wenigstens keinen normwidrigen Verkehr mit der Unterwelt treiben würden. Als Regierungsmänner würden sie von ihren Kumpanen einige abschütteln, zum mindesten die gemeinen Verbrecher. Sie dagegen machen sie zu Polizeipräsidenten.

Denn Morde werden legal dadurch, daß der Mörder ihrem Ring angehört. Mord gehört nach ihren Begriffen zur Reinigung der Rasse, mit eingerechnet die Unfruchtbarmachung ihrer Feinde.

So ist denn auch in den Reden und Sitten des armen Landes die Unmenschlichkeit große Mode geworden, und Hohn trifft die Selbstmörder, die offenbar keine dicke Haut hatten. Die wirklich anständigen Menschen ertragen das Leben nicht mehr in einem Deutschland, das in die Hände der Unterwelt gefallen ist. Man setzt seinen Namen auf die endlose Liste derer, die lieber fortgehn für immer. Inmitten eines Landes aber, das nur noch ein Leichenhaufen ist und auch so riecht, ergeht sich die triumphierende Bande in Spiel und Scherz. Sie gönnt sich allerlei, sogenannte Nationalfeste und Belustigungen wie bei Menschenfressern. Alles ist ihnen recht, nur sehen soll man sie, ganz vorn.

Nun, dann seht sie euch an! Vergebens würdet ihr unter den Männern vom Tage einen einzigen suchen, dessen Art etwas aufweist von der vorhandenen Geistigkeit dieses Landes und seinen einstigen Errungenschaften in Philosophie und Moral. Unter der Republik standen Menschen, die dies vertraten, an sichtbarer Stelle! Deutschland ermangelt ihrer nicht! Hier aber tragen die Gesichter nur die Spur übler Leidenschaften und des Verbrechens. Gefühllosigkeit breitet Leere über die Züge der einen, und andere sind zerwühlt von Hysterie. Man bekommt den Eindruck, daß doppelt starke Kinnladen zum Eintritt in das Rassenreich berechtigen, daß aber die tierische Fresse alle Symptome des Verfolgungswahns aufweisen muß, damit einer zu Ehren aufsteigt. Der Rassenstaat ist weiter nichts als die Auslese der Minderwertigen.

Seht euch alle an, die im Reich der Verkrachten den Kopf hoch tragen und die anderen zertreten dürfen. Deutschland holt jetzt seine Bestien und seine Verrückten hervor. Seht sie euch gut an, und dann sagt noch, man müsse Deutschland nehmen wie es ist, und das sei Deutschland!

Göring zittert und schwitzt

Dies stand in einem Organ der französischen Katholiken und ist wohl eins der außerordentlichsten Interviews, das je eine Zeitung gebracht hat. Göring, ein Nationalsozialist, Reichsminister des Innern, außerdem preußischer Ministerpräsident und noch dazu Präsident des Reichstages, denn sie können nie genug bekommen, – dieser Machthaber hatte wieder einmal zur auswärtigen Presse gesprochen, was ihre Hauptbeschäftigung ist. Dann nahm er einige der Herren in seine Privatgemächer mit, um sie noch besonders zu bearbeiten. Natürlich waren alle Teilnehmer von nordischer Rasse, echte Norweger. Man weiß nicht, wie der Franzose dazwischen kam. Vielleicht hatte er sich einen Schifferbart umgehängt und spielte den Wikinger.

Hier versicherte Göring, seit kurzem sowohl doppelter General wie auch vierfacher Millionär, seinen Zuhörern vor allem, daß er gesund sei. Das war sogar der längste, für ihn wichtigste Teil der Unterredung. Die schwedische Presse hatte allerdings gemeldet, daß vor Jahren Göring in Stockholm auf offner Straße einen Wahnsinnsausbruch gehabt habe. Er mußte in eine Klinik gebracht werden, führte sich aber dort so auf, daß nur übrigblieb, ihn in die Irrenanstalt zu schaffen. Seine Zustände hingen wahrscheinlich damit zusammen, daß ihm das Morphium entzogen worden war. Wenn man daran gewöhnt ist, muß man es haben. Ein nationalsozialistischer Minister, überdies Vorsitzender des Staatsrates,

Inhaber von dreißig Uniformen und einer Villa mit spitz gewölbten, schwarzen Räumen wie aus Angstträumen, hat durchaus das Recht, Morphinist zu sein. Sie nehmen sich noch ganz andere Rechte, Morphium zu spritzen ist das geringste. Juden totschlagen und enteignen, Sozialisten in Konzentrationslager sperren und sie „auf der Flucht" erschießen; geistige Arbeiter, die der Welt bekannt sind, in Gefängnissen martern, wenn sie nicht rechtzeitig das Land verlassen haben; den einen Teil des Volkes in einem Zustand des Schreckens erhalten, den anderen aber loslassen wie die Bestien: um das alles richtig durchzuführen, braucht man wohl Morphium.

Göring zufolge hat die sozialdemokratische Presse Schwedens ihn verleumdet, nachdem die dortige Polizei die Inkorrektheit begangen hatte, ihr die Akten über ihn auszuliefern. Zeitungen, die amtliche Akten wiedergeben, können natürlich nicht verleumden; aber Einwände und Fragen der Journalisten nordischer Rasse hörte Göring gar nicht; er redete immer weiter, hingerissen von seinem Gegenstand. Sein massiger Körper zitterte, von seinem dicken Kopf floß der Schweiß, und anstatt zu sprechen, schrie er, bis er erstickte und nicht mehr konnte. Ein Bild, wie gesunde Menschen, die in Schweden nie etwas erlebt haben, es alle Tage bieten.

Der französische Katholik erwähnt diese Symptome übrigens nur nebenbei und sicher ohne böse Absicht, um so bezeichnender sind sie. Der ordnungsliebende Mann, der für das fromme Blatt schreibt, mag im Gegenteil eine gewisse Sympathie hegen, wenn nicht für die Person des vielfachen Würdenträgers, dann doch für seine Sache. Als Göring mit dem Thema „Ich und Schweden" endlich fertig war, behauptete er, der Kommunismus werde von ihm ausgerottet werden; und das hören viele gern, auch wenn sie sonst mit einem Göring nichts zu tun haben wollen.

Fremde, die in Deutschland reisen, schreiben manchmal nach Hause: „Die neue Regierung hat das Gute, daß sie Ordnung macht und mit den Kommunisten aufräumt." Das ist ihnen erzählt worden, und dafür sind sie geneigt, alles andere zu vergessen und zu verzeihen. Denn die westliche Welt liebt die Kommunisten nicht.

Dem entgegen soll laut und klar die Tatsache ausgesprochen werden, daß die deutsche Republik niemals vor dem Kommunismus gerettet werden mußte. Vor dem Nationalsozialismus mußte sie gerettet werden, und das ist leider versäumt worden.

Die deutschen Kommunisten waren erstens keine echten Kommunisten. Die Doktrin war den Deutschen, wie allen westlichen Völkern, im Grunde fremd. Der Kommunismus hätte nie gesiegt, nicht einmal vorübergehend und durch eine Katastrophe, so wie der Nationalsozialismus es gekonnt hat. Die kommunistische Partei Deutschlands hat sich niemals ganz in ihre Rolle gefunden, niemals hat sie selbständig gehandelt, sie hat nur die Befehle Moskaus befolgt, das aber schlecht. Denn ihr fehlte die tiefe innere Überzeugtheit von ihrer Sendung, und daher auch die Bereitschaft und die Kraft.

Was hatte diese Partei erreicht? Hundert Abgeordnete; und dieser große Zulauf hatte dieselben Gründe wie bei den Nazis, die Not der Massen und ihre seelische Verwirrung. Man weiß, daß dieselbe Art von Menschen bald zu der einen, und dann wieder zu der anderen der beiden Umsturzparteien ging. Es waren Arbeitslose, es waren Verzweifelte, es waren unwissende, ziellose Jugendliche, einzig angetrieben vom Haß gegen die bestehende Ordnung und von dem Drang nach einer Katastrophe, die ihnen endlich erlauben sollte, sich zu entladen.

Schließlich wurde die Mehrzahl von den Nazis aufgefangen. Warum? Weil dort das Geld war. Weil dort die Waffen waren. Weil man dort in Uniformen umherlief und offen den Staat bedrohte. Das erlaubte die Republik. In allen Behörden und in den Parteien saßen Schwächlinge und Verräter, daher war es erlaubt, viele Jahre lang ein Heer bewaffneter Feinde des Staates heranzubilden, Unsicherheit zu verbreiten, zu Morden zu hetzen und sie zu begehen. Es war erlaubt, die Republik und alle Republikaner mit einem schrecklichen Ende zu bedrohen. Aber es war einzig den Nazis erlaubt, niemals den Kommunisten.

Die „Rotfront“ ist nicht von Göring aufgelöst worden, sondern von der Republik. Die „S.A.“ sind niemals aufgelöst worden. Ein kurzer, schwacher

Versuch, ihnen die Uniformen zu verbieten, wurde gemacht und gleich wieder aufgegeben. Leisteten die Kommunisten etwa Widerstand? Ihre militärische Organisation wurde ihnen genommen, und sie fügten sich. Ihre Waffen wurden ihnen beschlagnahmt, und höchstens versteckten sie einige. Von Zeit zu Zeit hob die republikanische Polizei ein geheimes Waffenlager aus; das war immer ein kommunistisches, fast niemals ein nationalsozialistisches. Die Nazis sind geschont worden bis zu einem Grade, daß der Staat, der sich selbst aufgab, seinen eigenen Anhängern Verachtung einflößte. Die Nazis durften toben in ihren Zeitungen, sie durften jeden einzelnen von uns unter Nennung seines Namens den Mördern empfehlen. Wenn in kommunistischen Organen ein Wort zuviel stand, wurden selbst Setzer und Zeitungsfrauen von den Gerichten eingesperrt.

Wer hat Attentate begangen? Man nenne in all den Jahren ein einziges kommunistisches, das nicht gradeso provoziert und eine Tat der Gegenwehr gewesen wäre, wie die Tötung jenes Wessel. Aber die Reihe der nationalsozialistischen Verbrechen ist endlos. Wer hat Überfälle veranstaltet? Wer kam zuerst auf den schändlichen Gedanken, sogar in die Häuser der Andersgesinnten einzudringen und Menschen in ihren Wohnungen zu erschlagen oder zu verstümmeln? Nicht die Kommunisten, die nicht! Wie ein Tier, das in einen Winkel gedrängt ist und gequält wird, bissen sie endlich, sie wehrten sich. So und nicht anders ist zwischen Nazis und Kommunisten jener Guerillakrieg der letzten Jahre entstanden, der Krieg im Dunkeln, in Kellern, in nächtlichen Laubenkolonien. Aber selbst beim klarsten Sachverhalt verschleppten die Gerichte die Prozesse, und niemals wurde unumwunden ausgesprochen, wer der Angreifer war, obwohl jeder es wußte.

Göring in seinem Ministerpalast oder in dem teuersten Schlemmerlokal Berlins, wo er Stammgast ist, erlaubt sich heute die unverschämte Behauptung, die Nationalsozialisten hätten die westliche Zivilisation gerettet vor dem Kommunismus. *Die Wahrheit ist, daß die Zivilisation keinen ärgeren Feind hat als diese Mörder aus Überzeugung, diese Rassenfanatiker und Totengräber der bürgerlichen Ordnung. Sie haben den*

Krieg gegen die Kommunisten angefangen in der bewußten Absicht, anarchische Zustände herbeizuführen; anders wären sie nie zur Macht gelangt. Sie wollten den Staat in einen Zustand der Auflösung versetzen, damit sie selbst die Herren wurden. Sie haben gar nicht die Kommunisten gemeint, wenn sie in ihre Wohnungen drangen und sie erschlugen. Die Republik wollten sie erschlagen.

Das ist ihnen zuletzt auch gelungen, weniger durch ihre eigene Kraft als mit Hilfe von Verrätern. Übrigens wurde es höchste Zeit für sie, ihre Stimmenzahl nahm schon ab, der Gipfel ihres Erfolges war überschritten. Außerdem, dies ist zuwenig bekannt, stand eine Vereinigung der beiden Arbeiterparteien bevor. Ich weiß es, denn ich habe selbst dafür gewirkt und bin deshalb genötigt worden, die Preußische Akademie der Künste zu verlassen. Die Kommunisten hätten sich versöhnt mit den Sozialdemokraten, die Arbeiter wollten es, die Führer beider Parteien hätten gehorchen müssen. Dann aber gab es keine kommunistische Gefahr mehr, nicht einmal zum Schein; niemand konnte sie noch als Vorwand benutzen, um zur Macht zu gelangen. Was hiermit geschaffen wäre, das bedeutete eine sichere Mehrheit für die Republik. Bevor diese Mehrheit zustande kam, mußte der Streich gegen sie verübt werden.

Als aber die siegreiche Bande von Abenteurern in den Palästen thronte und herrschte, was tat sie dann für die Zivilisation, die sie gerettet haben will? Vierzehn Tage lang geschah nichts, die neuen Herren begegneten keinem Widerstand, ihnen fehlte der weithin sichtbare Anlaß, endlich zu zeigen, wer sie wirklich waren. Und der Anlaß kam, das Reichstagsgebäude wurde angezündet – die ganze Welt kennt den Brandstifter. Das ist derselbe Göring, der von westlicher Zivilisation faselt, während er dabei zittert und schwitzt.

Jetzt konnten sie losgehen, jetzt kamen die Pogrome, die Konzentrationslager und alle die anderen Taten zur Rettung der Zivilisation. Es sind die Taten von Kreaturen, die nichts kennen und nichts wollen, außer ihrem Haß und ihrer Gier. Sechs hochbezahlte Posten auf einmal und dazu noch stehlen; in Palästen wohnen und das

Land, sinn- und zwecklos, ihrem Machtwahnsinn unterwerfen: das genügte ihrem erbärmlichen Ehrgeiz. Sie können für nichts Höheres arbeiten als für sich selbst. Es sind Leute, die nicht denken und die den Gedanken hassen, daher bleiben sie immer kleine verfehlte Wesen, trotz allen ihren großen Verbrechen. Sie hassen uns denkende Menschen mehr als alle anderen, unvergleichlich mehr als die Kommunisten und sogar noch heftiger als die Juden, die sie wahrhaftig genug hassen.

Sie sind listig, wie die meisten Dummköpfe. Göring glaubte die fremden Journalisten damit zu ködern, daß er sich als Retter der westlichen Zivilisation vom Kommunismus aufspielte. Die westliche Zivilisation neigt sehr wenig zum Kommunismus, dagegen befindet sie sich in einem Zustand, der sie zur Beute gewissenloser Glücksjäger machen kann. Die westliche Zivilisation, das war in Deutschland die Republik, mag sie auch unzulänglich und schwach gewesen sein. Andererseits haben Glücksritter nur selten Glück bis zum Schluß, und einmal kehrt doch die Zivilisation zurück.

Ihr ordinärer Antisemitismus

Die Deutschen hassen die Juden. Wenigstens glauben sie es ihren Führern, die den Antisemitismus ausschreien wie eine deutsche Errungenschaft. Die Deutschen begehen gegen ihre eigene jüdische Minderheit jetzt sogar Handlungen, mit denen sie sich selbst am meisten schaden. Denn sie verfallen der Verachtung, und das ist schlimmer, als wenn man gehaßt wird.

In Wirklichkeit sind die Deutschen das letzte Volk, das auf den Judenhaß ein Recht hatte. Sie sind den Juden viel zu ähnlich. Auch sie zeichnen sich als einzelne aus in ihren „großen Männern“. Als einzelne übertreffen sie oft den Wert ihrer Nation. „Deutschland ist nichts, jeder Deutsche ist viel“, sagt Goethe, dessen Gedenkjahr grade noch gefeiert werden konnte, bevor in Deutschland die Barbarei ausbrach. Heute würde der größte Deutsche einfach übergangen werden, denn von ihm zu Hitler führt kein Weg.

Man hat schon längst bemerkt: Juden und Deutsche, beide halten sich für das auserwählte Volk. Man sollte aber auch fragen, was das bedeutet und welche Hintergründe eine solche übertriebene Selbstbehauptung hat. Sie ist kein Zeichen einer wirklichen inneren Sicherheit. Wenn jemand von sich zu viel Wesens macht, liegt es in neun von zehn Fällen daran, daß er im Grunde an sich zweifelt – was kein Fehler ist. Der Zweifel kann fruchtbar sein, man sollte ihn nicht unterdrücken. Ihre verhältnismäßig unglückliche Geschichte hat sowohl Deutschen wie Juden allen Grund gegeben zu Vorbehalten hinsichtlich ihrer Art. Daher die jüdische Selbstironie, denn was sonst ist ihr berühmter Witz! Bei den Deutschen wird der „Minderwertigkeitskomplex" auf andere Weise „überkompensiert", nämlich durch forsches Auftreten.

Wo ist dies Auftreten am forschesten? In den östlichen Teilen des Landes, wo man von Nation, besonders aber von Rasse, am wenigsten reden sollte; denn der ganze Osten, das eigentliche Preußen, wird bewohnt von den Nachkommen slavischer Stämme, und noch vor zwei- bis dreihundert Jahren wurde dort nur wenig deutsch gesprochen. Tatsächlich aber ist hier der Sitz des neuen deutschen Rassen-Nationalismus. Als Germane spielt sich der zuerst auf, der sogar in Urzeiten nie einer gewesen ist.

Auch der Antisemitismus hatte seinen Herd nicht in dem alten Gebiet der deutschen Kultur, von dort ging er wenigstens in neuerer Zeit nicht aus, sondern eher aus den Provinzen, die einst inneres Kolonialland waren. Das hindert nicht, daß ganz Deutschland schließlich angesteckt wurde, genau wie vom kriegerischen Imperialismus, der auch aus Preußen gekommen ist. Wenn ein verfeinerter Mensch zusammenlebt mit einem roheren, wer wird den anderen beeinflussen? Die Antwort steht leider fest, wenigstens für die meisten Fälle.

Man suche nicht weiter, der Antisemitismus verrät einen Fehler im inneren Gleichgewicht einer Nation, genau wie jener unberechtigte gewaltsame Imperialismus, der Deutschland zuletzt in einen so unglücklichen Krieg geführt hat. Denn schon Jahre vor 1914 wurde England von vielen Deutschen gehaßt, genau wie jetzt der Jude, der auch wieder dem Deutschen seinen Platz an der Sonne wegnimmt, wie sie meinen.

Ich habe meine Landsleute immer nur bedauert, wegen ihrer unglücklichen Leidenschaft andere zu hassen, nur weil sie vermeintlich bevorzugt vom Glück waren. Ich selbst habe als Schriftsteller einige Altersgenossen gehabt, die erfolgreicher waren als ich; gehaßt habe ich sie nie, und wenn es möglich war, habe ich sie bewundert. Ich bin aber auch aus einer alten Familie des alten Deutschland, und wer Tradition hat, ist sicher vor falschen Gefühlen. Tradition befähigt uns zur Erkenntnis, und sie macht uns geneigt zur Skepsis und zur Milde. Nur Emporkömmlinge führen sich zuzeiten auf wie die Wilden.

Nach dem verlorenen Kriege blieb den Deutschen vorerst keine Aussicht, ihr falsches Selbstgefühl noch einmal an Fremden zu erproben. Sie mußten den Gegenstand ihrer Rache im Innern suchen und fanden die Juden, die angeblich nicht zu ihnen gehörten und auch nicht assimiliert werden konnten. Natürlich ist nicht einzusehen, warum grade die Juden, deren Vorfahren vielleicht schon im frühen Mittelalter ins Land kamen, nicht ebensogut Deutsche sein sollten wie jene Slaven, die erst viel später aufgenommen worden sind. Aber vernünftige Einwände helfen nicht, wenn man nun einmal einen Feind braucht.

Fünfundsechzig Millionen gegen 570000 sogenannte Fremdstämmige, sehr vornehm ist das nicht, und wahres Selbstvertrauen spricht daraus nicht. Sooft dies gesagt wurde, es hat niemals Eindruck gemacht. Die Juden sollten unbedingt eine Gefahr sein, für die deutsche Wirtschaft und besonders für die deutsche Seele. „Das Geld, das ihr zum Juden tragt, ist verloren für die deutsche Wirtschaft“, damit begründen die siegreichen Nationalsozialisten den Boykott der jüdischen Läden. Einen so offenkundigen Unsinn können nicht einmal sie selbst glauben. Aber es handelt sich auch gar nicht um die Wahrheit, sondern um einen Vorwand, die eigenen schlechten Gefühle zu entladen, und außerdem um innere Annexionen, die einzigen, die getätigt werden können.

Denn die halbe Million Israeliten wächst an bis auf fünf Millionen, wenn alle Familien gemischten Blutes mit eingerechnet werden. Kein einziger aus dieser Menschenmasse hat künftig Zutritt zur Verwaltung, zum Anwaltsberuf, zum Handel oder zur Finanz. Nirgends dürfen sie auftreten; das heißt in Wirklichkeit: sie sollen Hungers sterben. Ein ebenso einfaches wie wirksames Verfahren, um einen Bevölkerungsüberschuß loszuwerden! Es schadet nichts, wenn damit ein ganzes Volk vergiftet wird.

Die Nazis würden dies Volk niemals erobert haben, hätten sie sich nicht des Hasses bedient. Der Haß war ihnen nicht nur das Mittel, hochzukommen, er war der einzige Inhalt ihrer Bewegung. Die Republik hassen und sie stürzen, um selbst die ganze Macht zu bekommen, jahrein jahraus haben sie das dem Volk als national eingeredet, und die Republik nannten sie eine Judenrepublik, einfach, um dem Volk beide zugleich verhaßt zu machen, die Republik und die Juden. Es ist eine Ehre für die Juden, daß ihr Name verbunden ist mit dem Versuch eines menschlichen, freiheitlichen Regimes; denn das war die Republik bei aller ihrer Unzulänglichkeit.

Welche Juden werden von den triumphierenden Nazis am meisten verfolgt? Die geistigen Arbeiter unter ihnen, und auch das wäre eine Ehre, wenn triebgebundene Dummköpfe wie diese Nazis mit ihrem Haß überhaupt jemand ehren könnten. Bestand wirklich, solange eine freie Auslese erlaubt war, die Mehrzahl der Berliner Anwälte aus Juden, dann hat dies sicher Gründe gehabt, die in der Soziologie der größten Stadt lagen und die nicht willkürlich beseitigt werden können. Die Juden waren unentbehrlich, sie wären es auch heute, wenn es noch eine Rechtspflege gäbe.

Man hat der Juden für sehr vieles unbedingt bedurft. Warum hätte der so deutsche Chirurg Sauerbruch sieben jüdische Assistenten gehabt und wollte sie trotz Befehl der nationalen Regierung nicht hergeben? Woher ferner die bewunderten jüdischen Kapellmeister? Die Musik gilt als deutscheste der Künste, und unter ihren glänzendsten und treuesten Vermittlern sind verhältnismäßig viele Juden. Andererseits ist der erste

Bühnengestalter Deutschlands zweifellos Max Reinhardt. Das Theater des letzten Vierteljahrhunderts ist ein wirklicher Ruhm des Landes und seiner Hauptstadt, aber ohne Reinhardt ist seine Geschichte nicht denkbar, vielleicht wäre es gar nicht vorhanden ohne ihn. Ihm ist jetzt verboten worden, Regie zu führen, und den Kapellmeistern, zu dirigieren. Aber, nicht wahr, der sentimentale Schlager „Ich hab mein Herz in Heidelberg verloren“ wird auch weiterhin im ganzen Nazireich gedudelt und gepfiffen werden, und der ist von zwei Juden, man weiß es nur nicht. Wenn man die Menschen, die man nach dem Gesetz der Rasse hassen will, wenigstens erkennen würde!

Was die „nationalen Revolutionäre“ richtet, ist, daß sie in keinerlei Beziehung stehen zu den inneren Werten Deutschlands. Sie lieben dies Volk nicht, sonst würden sie von seiner Seele nicht nur faseln, sie würden sie achten in denen, die der Seele Laute zu geben versuchten und eine Form. Aber sie achten nichts, was Deutschland Edles und Starkes hervorgebracht hat. Angefangen mit Goethe, ist ihnen alles entgegengesetzt und fremd; und die Bibliotheken, die jetzt nach ihren Begriffen gereinigt werden sollen, dürfen folgerichtig kein einziges der unvergänglichen deutschen Werke enthalten. Der deutsche Typ, der sich nationalsozialistisch nennt, hat keine Religion mehr, und bis zur Humanität ist er noch nicht fortgeschritten. Er ahnt nicht, was die Verse Goethes bedeuten:

> Wer Wissenschaft und Kunst besitzt,
> der hat auch Religion.
> Wer diese beiden nicht besitzt, der habe Religion.

Aus dieser völligen Beziehungslosigkeit und Leere erklärt sich sein Judenhaß. Die größten Eroberungen des Geistes werden, Hitler zufolge, nur von reinrassigen Volksgenossen gemacht; und das gibt er von sich vor Ärzten, einer Klasse von Zuhörern, die über den Wert des gemischten Blutes für die Entstehung von Begabungen belehrt sein müßte. Das gibt er von sich, während das Genie schlechthin heute der Welt bekannt ist unter dem Namen Einstein! „Um wie viel kleiner wird ein Volk, wenn es das Genie vertreibt!“ ruft ein französischer Gelehrter, weil Einstein künftig keine Berliner Professur mehr haben wird, sondern eine Pariser.

Die deutschen Juden haben viel zu leiden. Wenn das ein Trost sein kann, möchte ich ihnen sagen, daß sie nicht mehr zu erdulden haben als der deutsche Geist und die deutsche Seele selbst, die ihnen immer lieb gewesen sind. Die Juden nahmen geistigen, seelischen Anteil und vermittelten ihn weiter. Sie waren einer der empfänglichsten Teile des Volkes, sie begegneten den geistigen Schöpfern mit wahrer Achtung, sie bemühten sich um sie, sie waren hilfsbereit. Wir haben ihnen zu danken; dies möchte ich ausgesprochen haben heute, da sowohl wir als sie verfolgt werden. Denn nicht nur Einstein, auch Thomas Mann, der kein Jude ist, meidet unfreiwillig das Land, für das er viel getan hat.

Dreizehn Millionen Juden sprechen auf der ganzen Erde einen Dialekt, der dem Deutschen entnommen oder mit dem Deutschen vermischt ist. In manchen Ländern, wo sonst niemand Deutsch versteht, erhalten die Juden sich ihre deutsche Bildung und empfinden sie als Auszeichnung. Jedes andere Volk, außer dem deutschen, jeder Staat, außer diesem, würde hieraus den größtmöglichen Nutzen ziehen. Deutschland will nicht. Dieselben Juden, die Deutschland wie ihre zweite Heimat durch die ganze Welt tragen, in Deutschland selbst werden sie für minderen Rechtes erklärt, sie dürfen keine öffentlichen Ämter bekleiden, aber man darf sie ermorden oder zugrunde richten, wenn man nicht grade gut gelaunt ist und sich damit begnügt, sie auf öffentlichem Platz mit ihren Zähnen das Gras ausreißen zu lassen.

Ich weiß nicht, was jedes fühlende Herz mehr empören muß, die Grausamkeiten oder der Hohn, der sie begleitet. Aus Pogromen und Boykott werden Volksbelustigungen gemacht, und das ist auch ihr einziger praktischer Zweck. Der deutschen Wirtschaft ist mit Judenverfolgungen sowenig gedient wie dem deutschen Namen. Aber eine heruntergekommene Menge, der erlaubt wird, mit der Qual von Menschen ihren Spaß zu treiben, vergißt darüber auf einige Zeit, daß sie selbst so elend bleibt wie zuvor und daß die zur Macht gelangten Abenteurer ihr im Grunde nichts, aber auch gar nichts zu bieten haben.

Nachher will niemand es gewesen sein. Die Morde sind jedesmal das Werk von Kommunisten, die sich als Nazis verkleidet haben. Die Juden aber, die man angeblich loswerden möchte, werden verhindert, das Land zu verlassen, und sie müssen in Briefen und Telegrammen das Ausland darüber aufklären, daß von allen ihren Erlebnissen in Wirklichkeit kein einziges stattgefunden hat. Die erzwungenen Lügen werden von der Welt natürlich aufgenommen, wie sie es verdienen; die Verachtung aber, die sie hervorrufen, fällt auf Deutschland.

Das ist unverzeihlich und wird es bleiben. Das Land, für dessen Kultur und Gesittung wir alle gearbeitet haben, das Land, dessen geistiger Besitz auch durch meine ganze Kraft bereichert worden war, es ist von Menschen ohne Wissen und Gewissen erniedrigt, verroht und in einen Zustand versetzt worden, wie keine äußere Niederlage und nicht einmal die Zerstückelung des Staates ihn hervorbringt. Es ist der Verachtung ausgeliefert.

Wohin es führt

Was hat der gegenwärtige deutsche Staat an nützlichen Ergebnissen aufzuweisen? Andeutungen und Augentrug, weiter nichts. Auf eigenen Einfällen beruht nicht einmal das. Die „Gleichschaltung" ganz Deutschlands, die dies Regime vorgeblich im Handumdrehen fertiggebracht hat, ist das älteste republikanische Ideal, und Bismarck, der es zum Teil verwirklichte, bewegte sich ganz in der Geistesrichtung von 1848. Die Republik von 1918 bekundete dauernd ihren Willen zur vollkommenen Vereinheitlichung, was nichts anderes bedeuten kann als die zentralisierte Regierung und Verwaltung. Um freilich den Willen in die Tat umzusetzen, hätte die Republik vom nationalen Vertrauen getragen werden müssen. Statt dessen erwehrte sie sich nur mühsam des Bürgerkrieges, und ihn schürte Hitler mit seiner Bewegung. Der Republik war bewußt, daß Gewalt nicht das rechte Mittel ist, damit Länder, die von Natur nichts trennt, ihre veralteten Widersprüche aufgeben. Trotz der Ungunst des Geschickes hat die Republik ihrerseits das Andenken hinterlassen an nützliche Unternehmungen, zu denen sie gelangte dank ihrem Verständnis für die wirklichen nationalen Bedürfnisse. Sie war erfüllt von dem Wohlwollen, das sowohl Demokratie wie soziale Gesinnung erst ermöglicht. So war sie sich auch darüber klar, daß keine Vereinheitlichung der Nation ernstlich in Frage kommt, solange ihre Geisteskultur tief und unheilbar gespalten ist. Tatsächlich lag auf der einen Seite des Abgrundes die Universität und auf der anderen die Volksschule. Kein Weg führte von den Lehrern des Volkes zu den höher Gebildeten. Ja, als die Republik die Herrschaft antrat, befanden die Lehrer sich auf dem Lande noch in Abhängigkeit von den Großgrundbesitzern.

Das republikanische System und vor allem der Minister Becker, ein Mann von unvergeßlichen Verdiensten, hat alles von Grund auf geändert. Das System hat den Volksschullehrern die Freiheit gegeben. Es hat unter großen Kosten, zuerst in Preußen, Seminare geschaffen, die einen Übergang sicherten zwischen Volksschule und Universität, zwischen der herrschenden Klasse und dem Volk. Das war eins der Mittel, die das demokratische Regime verwendete, um langsam, aber sicher den Geist der Zwietracht und der Abschließung zu überwinden, ebensowohl in den Klassen der Gesellschaft wie in den einzelnen Provinzen des Landes. So sollte es eins werden.

Dies Werk der Geduld wurde natürlich vernichtet durch den Sieg des Nationalsozialismus, denn dem liegen weder Geduld noch Arbeit. Er erläßt lieber Machtsprüche. Nun kann aber kein Machtspruch das Nichtvorhandene ins Leben rufen. Mit wieviel Lärm und Geschrei auch verkündet wird, Deutschland sei geeint, einfach durch das Erscheinen des großen Hitler, dessen Genius alle Friedrichs und Bismarcks weit hinter sich lasse: die Einheit bleibt so unvollendet wie je. Die örtlichen Regierungen bestehen ruhig weiter, und manche betätigen ihren Gegensatz zu Berlin, wie sie es von alters her gewohnt sind. Es bedeutet gar keinen Unterschied, daß sie sich jetzt alle zu derselben Siegerpartei bekennen.

Wenn die Reichsregierung der Weltmeinung mehr oder weniger aufrichtige Zugeständnisse macht, benutzt Bayern gerade diesen

Augenblick, um erst recht nicht mit sich reden zu lassen. Es verhaftet Kaufleute, die weder Juden noch Kommunisten sind, übrigens nichts Ungesetzliches getan haben. Gleichzeitig beschlagnahmt die bayrische Polizei, trotz allen Vermittlungsversuchen, das Geld einer früher in München ansässigen Persönlichkeit. Jetzt lebt diese in der Verbannung, aber sie ist zu bekannt, Berlin möchte ihr die Rückkehr erleichtern. Dieselbe Polizei versucht sogar, den Vizekanzler Papen am Reden zu verhindern, sie verbot den Katholikenkongreß, wo er auftreten sollte. Als die Versammlung dennoch abgehalten wurde, kostete sie die Katholiken eine beträchtliche Zahl Verwundeter und Toter, sie waren von den Nazis hingeopfert.

Auch in Berlin nehmen die Behörden aufeinander nur bedingte Rücksicht. Eine vergleichsweise maßvolle Zeitung verfiel dem zeitweiligen Verbot, obwohl die Reichseisenbahn sie mit Geld aushält. Ein jüdischer Chemiker, berühmt durch seine allgemein nützlichen Erfindungen, glaubte um seine Verabschiedung einkommen zu müssen. Die Reichsregierung lehnte sie ab. Der preußische Minister dagegen bestellte ihn hin, ließ ihn drei Stunden warten, und endlich fertigte ein Mann in SA-Uniform ihn kurz ab, er sei entlassen.

Hitler und Göring liegen bekanntlich im Streit um die Macht. Der Minister maßt sich dauernd die Befugnisse des Kanzlers an; das geht so weit, daß dieser die Flucht ergreift aus Furcht vor einem Handstreich des andern.

Bei den Bürokraten herrscht Anarchie. Außer im Propagandaministerium, wo das System seine Triebkraft hat, wird nirgends ernstlich etwas getan. Jeder arbeitet gegen den anderen, und Dekrete werden erlassen, nur um Tags darauf umgestoßen zu werden. So ging es mit dem phantastischen Beschluß, daß den Nazistudenten die Examen besonders leicht gemacht werden sollten.

Die Diktatur hat weder das Land noch die Verwaltung vereinheitlichen können. Es wäre merkwürdig, wenn ihr gegen Arbeitslosigkeit und Elend etwas Durchgreifendes eingefallen wäre.

Da hat sie nun den von der Republik geschaffenen freiwilligen Arbeitsdienst umgewandelt in Zwangsdienst. Diesmal hat sie sich keine republikanische Idee angeeignet, sondern eine offenkundig bolschewistische Einrichtung. Man wundert sich wohl, daß in einem Lande, wo Arbeitsmangel herrscht, ein Teil der jungen, ungeübten Arbeitslosen verwendet wird für Arbeiten, die gelernte Arbeiter schneller und besser leisten könnten. Als ob es sich um die Brauchbarkeit der Leute und um ihre Leistungen handelte! Der einzige Zweck ist bei alldem, was die Diktatur sich ausdenkt und unternimmt, die Menschen klein zu kriegen und ihnen jeden Gedanken an Widerstand auszutreiben.

Sie hat allerdings den Plan übernommen, eine Autostraße gradenwegs von Berlin nach Mailand zu bauen, mit Luxushotels auf der ganzen Strecke. Der Plan paßt so wenig zu der wirklichen Wirtschaftslage, daß er einigermaßen gegen den Anstand verstößt. Die Sache ist aber die, daß der Diktator wahnsinnig gern Auto fährt und gar nicht gern zu Fuß geht, obwohl ihm das vielleicht gut täte und seinen Kopf etwas klarer machen könnte. Außerdem spricht mit, daß die beabsichtigte Straße ein augenfälliger Beweis wäre für die enge Verbindung der beiden Faschismen. Am Grunde jeder praktischen Maßnahme und selbst des Wagenverkehrs suche man die rücksichtslose Entschlossenheit eines Regimes, das dauern will.

Daher besteht auch der erste Schub von Arbeitsdienstpflichtigen aus Mitgliedern der herrschenden Partei. Sie sollen die nächsten abrichten. Sie sind dann die Führer, und aus den anderen machen sie Maschinenmenschen im Dienst eines Systems der Gleichschaltung, wo die Arbeit entartet zur Sklaverei.

Lange Zeit stiegen einige durch Arbeit zu Ehrenstellen auf. Viele aber verdankten der Arbeit alle ihre Hoffnungen auf ein gesichertes Dasein und gerechtere Einrichtungen. Es gab eine Auslese von Arbeitern, sie führte ein geistiges Leben, so gut hatten die Gewerkschaften ihre Fortentwicklung organisiert. Ein Netz von Volkshochschulen überzog das Land, und Lehrer, deren Gehalt aus Beiträgen der Arbeiter zusammenfloß, fuhren von einer Industriestadt zur anderen. Der ganze Bienenstock ist zerhauen worden mit Gummiknüppeln.

Denn da die Diktatur nichts schuf und dennoch dauern wollte, mußte sie eben zerstören, was aus den Köpfen anderer stammte. „Den Marxismus verfolgen“ bedeutet in Wirklichkeit: unwissende Massen; kein Eigenleben des Volkes wird mehr geduldet; aus ist es mit all seinem Streben nach Glück; und um das Volk über seine Leere hinwegzutäuschen, bleibt nichts, als seine restlose Militarisierung.

Begründete Hoffnungen gibt es nicht, so versucht man es denn weiter mit Vorspiegelungen und mit einer leerlaufenden Begeisterung. Ihrem Auftrieb dienen Feste – in jeder Gestalt, unter den verschiedensten Vorwänden, mit oder ohne Feuerwerk. Im Grunde ist es jedesmal dasselbe, Massen werden geblendet durch ihre Masse. Der Betrug wird ihnen allmählich klar. Die Arbeiter gehen nur dienstlich hin. Wer keine Bescheinigung beibringen kann, daß er dabei war, darf sich darauf gefaßt machen, zu fliegen. Die Unglücklichen müssen ihre Sonntage damit hinbringen, daß sie eingekeilt von einem Fuß auf den anderen treten, daß sie bei Strafe der Verhaftung ihren rechten Arm in die Luft schleudern und Siegheil rufen, auch wenn sie das Gegenteil wünschen.

Die Republik hat so etwas nie von ihnen verlangt. Es mag sein, daß ihr nicht in erster Linie daran lag, durch Zwang zu herrschen. Vielleicht hatte sie auch kein Geld. Die jetzigen Gebieter haben noch weniger. Das stört sie weiter nicht; der Befehl ist ausgegeben, niemals auf das Geld zu sehen, weder bei Festen – noch wenn alle bespitzelt werden. In jeder anderen Sache sind diese Leute unfähig, nur Sinn für die Macht haben sie allerdings. Sie meinen, wichtig sei einzig und allein, die Macht zu behalten.

Ihretwegen braucht dies Land weder Wahrheit noch Gerechtigkeit. Eine geordnete Wirtschaft kann es ebenso entbehren wie gesunde Nerven. Nicht notwendig ist, daß es lebt, aber unerläßlich, daß sie es regieren.

Durchdrungen von diesem obersten Gesetz, veranstalten sie politische Prozesse wegen nicht begangener Verbrechen, ja, sogar gegen unbeteiligte Personen, wie in Sachen des Reichstagsbrandes. „Wir brauchen es noch.“ Diese unbefangene Rechtfertigung scheint ihnen vollauf zu genügen. Da sie von jeher über die Novemberverbrecher den verbrecherischsten Unsinn von sich gegeben haben, werden diese Reinheitsfanatiker gewiß nicht verfehlen, die früheren republikanischen Führer wegen Hochverrats aburteilen zu lassen. Inzwischen genießen sie munter ihren eigenen gelungenen Hochverrat.

Ihr kleinbürgerlicher Macchiavellismus verleiht ihnen die Dreistigkeit, öffentlich zwar dagegen aufzutreten, daß die nationalsozialistischen Arbeiterausschüsse ihr Mütchen kühlen an allen anderen Arbeitern. Berufen sich diese aber auf eine solche Kundgebung, dann setzt ihnen der Minister auseinander, die sei nur für das Ausland bestimmt gewesen. Der Trick liegt so nahe, daß man sich höchstens wundert, warum das nicht längst gemacht worden ist.

Wäre alles damit getan, daß man sich an die Macht anklammert, dann hätten sie es geschafft. Leider ist auch noch die Wirtschaft da, und die lahmt etwas, seitdem sie in ihrer Hand ist. Da gibt ihr Geldmangel ihnen denn die widersprechendsten Kunstgriffe ein, um sich welches zu verschaffen. Wenn sie den Besitz ihrer Gegner beschlagnahmen, sieht dies einigermaßen aus, als läge ein dringendes Bedürfnis vor, und nicht nur ein unersättlicher Haß. Natürlich handeln sie dabei, wenn auch einseitig, durchaus im Sinn des vielberufenen Marxismus, dessen unerbittliche Verfolger sie vorgeblich sind.

Immerhin decken die Zwangsvollstreckungen noch nicht den Bedarf; daher versuchen sie es gleichzeitig mit kapitalistischen Mitteln, die nur etwas sonderbar sind. So haben sie sich eine Lotterie ausgedacht, was ein bißchen komisch anmutet, wenn damit Brot und Arbeit beschafft werden sollen für eine ganze Bevölkerung. Es sieht aus, als zweifelten sie, daß eine außerordentliche Einkommenssteuer viel helfen könnte. Andererseits aber versprechen sie den Kapitalisten Straflosigkeit und sogar Prämien, wenn sie ihr Geld aus dem Ausland zurückholen. Aller Wahrscheinlichkeit nach werden die Kapitalisten sich hüten. Auch die nationalsozialistisch gesinnten werden kein Vertrauen haben, solange die

Politik der Regierung den Handel lahmlegt und ihm alle die Länder verschließt, die sie gegen Deutschland aufbringt.

Der Außenhandel-Index sinkt ständig, voriges Jahr um dieselbe Zeit betrug er das Vierfache. Nur die schwerindustriellen Konzerne werden indessen gemästet mit Staatsaufträgen – ganz unproduktiven Aufträgen, denn es handelt sich um Kriegsmaterial. Einer der Führer der Konzerne, der berüchtigte Thyssen, ist Staatsrat geworden nach dem Willen Hitlers, der damit noch sichtbarer macht, wie sehr er die Wirtschaft ausliefert an den schlimmsten Feind jeder Reform. Das ist das Eingeständnis des Diktators, daß Reformen nicht stattfinden werden, solange er selbst noch die Macht hat.

Das Hitlersystem hat sich gleichgeschaltet und läßt weiterhin geschehen, was andere kapitalistische Länder nicht kennen und was ein historisches deutsches Unglück ist: daß einige Kanonen- oder Giftgasfabrikanten und einige bankrotte Großgrundbesitzer die Hand legen dürfen auf eine ganze Nation. Und die wollte er revolutionieren! Er wird sie allerdings revolutionieren, aber ohne es zu wissen und zu wollen.

Der Teil der Besitzenden, der gehätschelt wird zum Schaden aller anderen, kann entweder nicht sehen und glaubt sich immer noch in sicherer Deckung, oder er tut nur so. Schließlich haben grade diese Leute mit ihrem Gelde dies Regime errichtet. Seitdem haben die Vertreter des Regimes notgedrungen darauf verzichtet, irgend etwas auszuführen von den Versprechungen, die sie dem Volke gemacht hatten. Die sozusagen Gemäßigten halten bis jetzt die wichtigsten Stellungen besetzt. Aber es verheißt nichts Gutes, wenn man „gemäßigt" ist, während die Bewegung, in der man drinsteckt, augenscheinlich dem Alleräußersten zutreibt.

Andere beanspruchen ihre Nachfolge. Die rechnen mit der Weltkrise und mit der Hungersnot, die diesem Lande schon auflauert. Man kann sie sich ganz gut vorstellen, wie sie Fragen stellen an die Arbeitslosen und die Unzufriedenen, die auch in den „Stürmen" zahlreich sein sollen. „Nun, was meint ihr dazu, daß Göring sich seine Wohnung für 80000 Mark neu tapezieren läßt?“ Die Antwort wird wohl lauten, daß ein wirtschaftlicher Aufschwung, und sogar ein nationaler, anders aussieht. Wenigstens vor den Ereignissen dachte man ihn sich ganz anders. Solche Dinge werden schon zu oft ausgesprochen. In gewissen Gegenden versammeln sich Tausende, um offen das „Vierte Reich“ herbeizurufen, und das wäre einfach der Bolschewismus.

Die Machthaber wissen es sehr wohl und sind gegen alles gerüstet. Verschwörungen zu Fall bringen und es so einrichten, daß sie selbst die Stärkeren sind: wenn sie sonst nichts können, das können sie. Daher haben sie sich auch den Stahlhelm beigebogen, unter dem üblichen Vorwand, er wäre kommunistisch zersetzt. Außerdem glauben sie die Reichswehr zu einem nationalsozialistischen Kampfmittel machen zu können. Wie immer hilft ihnen die Schlaffheit der anderen; aber hier sind es preußische Generäle, und die wären früher anders aufgetreten.

Die bewaffnete Macht der Reaktion soll ihnen beistehen gegen ihre S. A. Denn das sind schließlich Proletarier; das jetzige Regime hat sie radikalisiert, und nach eingetretenen Ernüchterungen könnten sie mit den Kommunisten zusammengehn. Gegebenen Falles würde die herrschende Bande sich nicht lange besinnen, sie ließe schießen auf ihre eigenen Stützen; auch diese sind ihre Opfer.

Der vorauszusehende Aufstand würde sicher im Blut erstickt werden, in sehr viel Blut. Er würde sich aber wiederholen, ja, man müßte Erhebungen künstlich veranstalten, nur um sie niederschlagen zu können. Sonst würde man am Ende hineinschlittern in einen unfreiwilligen Marxismus, eine Art Reflexhandlung, bedingt durch alles, was vorgekommen und was leichtfertig geredet ist. Zu oft hat man, um der Redensart willen, anerkannt, daß „die deutsche Revolution eine sozialistische Revolution ist“. Wenn das Glück es will, kann sie dahin führen.

Die enttäuschten Verräter

Das traurigste an der deutschen Zeitgeschichte ist, daß sie gradesogut anders hätte ausgehn können. Wer nicht an ein blindes Schicksal glaubt, nimmt unschwer den Fall an, daß die Deutsche Republik der Eroberung durch die Rassenpartei entschlossen widerstanden hätte. Österreich zeigt jetzt, wie es zu machen war. Ob es ihm gelingt oder nicht, jedenfalls wird Österreich sich ausgezeichnet tapfer verhalten haben. Es macht sich den Kampf sogar schwerer, als er für die republikanischen Führer des Nachbarstaates hätte sein müssen. Denn die sogenannten bürgerlichen Parteien wehren sich dort allein und unter Ausschluß der Sozialisten, deren Mitwirkung sie hartnäckig ablehnen.

Die republikanische Front war in Deutschland sehr breit gewesen, das Regime stützte sich auf eine durchaus zureichende Mehrheit. Nur mußte man den Roheiten einer frechen Minderheit machtvoll begegnen, und die Republikaner blieben bis zum Schluß die Gefangenen ihres eigenen Legalitätsprinzips. Als der Reichspräsident auf den Platz Brünings, den Hindenburg verfassungswidrig entlassen hatte, den ersten nicht republikanischen Kanzler berief, setzte dieser ohne weiteres die preußische Regierung ab.

Dem preußischen Innenminister unterstand die bewaffnete Macht der Republik, eine Polizeitruppe von nahezu hunderttausend Mann. Fast alle waren bereit, ihre Pflicht zu tun, und befehligt wurden sie von einem treuen, entschlossenen Offizier. Ihn brauchte der Minister nur gewähren zu lassen; der des Hochverrats schuldige Kanzler wäre augenblicklich verhaftet worden. Er hatte nicht auf die geringste Hilfe zu hoffen seitens der Reichswehr, die niemals gegen die Polizeitruppe gekämpft hätte. Noch lange sollte sie den Ereignissen einfach zusehn, ohne einzugreifen.

Aber der höchste Vorgesetzte der Polizei ließ sich lieber aus seinem Ministerium jagen von einem Leutnant, den der Kanzler ihm schickte, und darauf machte er diesem seinen Besuch. Die Unterredung war von seiten des preußischen Ministers eine bloße Förmlichkeit. Wenn nun einmal Gewalt angewendet wurde gegen eine legale Regierung, mußte diese vorerst weichen und den Fall dem Staatsgerichtshof unterbreiten. Der sorgte dann für das Weitere, und die Gesetzmäßigkeit wurde natürlich wiederhergestellt, ohne daß sogar ein nicht republikanischer Kanzler sich dagegen auflehnte.

So dachten nun einmal diese hohen Beamten, die aus den Gewerkschaften kamen. Seit vielen Jahren wurde ihnen von ihren erbitterten Feinden die schlimmste Rache angedroht, sobald es soweit wäre; sie aber zogen einen ernsthaften Widerstand gar nicht in Betracht. Der konnte ja in den Bürgerkrieg übergehn, und davor graute ihnen. Ach! In Wirklichkeit dauerte der innere Kampf schon geraume Zeit und verlief immer blutiger. Einzig die rücksichtslose Unterdrückung der Hitlerbewegung würde ihn zum Stillstand gebracht haben.

Hätte die Unterdrückung Hunderter Toter erfordert, sie wäre noch immer eine Wohltat gewesen. Zu dieser Stunde würden die unzähligen Opfer des Hitlerschen Sieges noch leben. Tausende von Menschen wären nicht, wie jetzt, der grausamsten Behandlung ausgesetzt. Andere, und das sind Millionen, würden nicht dem Elend entgegengehn, und wieder andere hätten nicht die sittliche Verkommenheit erreicht, zu der sie gezwungen werden. Ein Schlag von harter Hand wäre die Rettung gewesen für viel Menschenglück, gewiß nur ein bedingtes, ein gebrechliches auch; aber es war ersehnenswert, es war sogar göttlich, verglichen mit dem grauenhaften Unglück, das seitdem dies Land geschlagen hat.

Die beiden Männer, die an jenem Tage einander gegenüberstanden, wußten von all dem nichts. Sie sahen nicht im entferntesten voraus, was kommen sollte. Sie glaubten keinerlei Verantwortung zu übernehmen, wenn sie handelten, wie ihre Naturen es ihnen vorschrieben. Der Minister neigte zur Vorsicht. Der Kanzler ließ sich im Gegenteil am liebsten auf Abenteuer ein. Der eine gab die Macht aus den Händen, damit er sich nichts vorzuwerfen hätte. Der andere griff zu, weil die gar zu bürgerliche Ehrbarkeit des früheren Arbeiters ihm lachhaft schien.

Er selbst war mit unnötigen Bedenken nicht belastet. Er war Leiter eines Spionagedienstes gewesen, hatte übrigens sein Leben verbracht mit Intrigen kreuz und quer. Sein Beweggrund war unklarer Ehrgeiz oder einfach Schadenfreude. Was diesen früheren Reiter und berufsmäßigen Rennplatzbesucher kühn machte, war offenbar ein Keim verbrecherischer Veranlagung, und grade die kannte der ordentliche Arbeiter gar nicht. Dies Gerede von Novemberverbrechern! Erst nach dem Sturz der Männer vom November 1918 ist alles, was in Deutschland abenteuerlich und asozial empfand, obenauf gelangt.

Sie waren nicht geschaffen, einander zu verstehn. Der Kanzler wartete darauf, daß der andere ihm mit Verhaftung drohte. Um das Spiel zu gewinnen, verfügte er jedenfalls über mehr als eine List, brauchte aber keine anzuwenden. Der gehetzte Minister beschränkte sich auf Proteste im Namen der Gerechtigkeit, und das, während er in aller Unschuld die bewaffnete Macht auslieferte. Da der andere nichts kommen sah außer ehrlich bewegten, vom Gewissen eingegebenen Reden, verlor der Kanzler, er hieß von Papen, die Geduld und wurde ironisch. „Ach! Ich sehe“, sagte er. „Sie wollen nur das Gesicht wahren.“ Dies Wort steht am Ende einer Republik.

Als derselbe Papen während des Krieges in Amerika Menschen kaufte zwecks Verübung von Sabotageakten und um Verwirrung zu tragen unter eine Nation, die im Begriff war, zu den Feinden Deutschlands zu gehn, besorgte er ein notwendiges Geschäft, brachte auch alles Erforderliche dafür mit. Allerdings behandelte er die Sache etwas kavaliersmäßig, denn eines Tages wurde in einer Autotaxe eine Aktentasche gefunden: er hatte sie liegengelassen, und sie enthielt die Beweise für seine Tätigkeit. Er wurde gebeten, das Land zu verlassen, England bewilligte ihm freies Geleit, und diesmal vergaß er nicht, sein Scheckbuch mitzunehmen; darin war alles richtig verzeichnet, die bezahlten Beträge wie die Namen der Empfänger. Die Engländer ließen den Herrn zwar durch, beschlagnahmten aber das Scheckbuch, was zur Folge hatte, daß seine

Hilfskräfte ins Loch kamen. Wenn sie nicht gestorben sind, müssen sie noch drin sitzen.

Er hatte sie leichten Herzens verraten, fuhr auch auf demselben Wege fort und befleißigte sich unter der Republik besonders des Verrates an seiner eigenen Partei, dem katholischen Zentrum. In Deutschland wurde seine amerikanische Vergangenheit niemals völlig enthüllt; sonst wäre nicht zu verstehn, daß irgendeine Gruppe noch ihr Vertrauen verschwendet haben sollte an diesen gefährlichen Strohkopf. Indes begegnete das klug geleitete Zentrum ihm mit Argwohn. Es wirkte beunruhigend, wie wenig er sich unterordnete und wie er seine bemerkenswerte Begabung als Intrigant darauf verwendete, eine Partei, die zum guten Teil eine Arbeiterpartei war, zur sozialen Reaktion abzudrängen.

Hätte er Erfolg gehabt, wäre es schon damals das Ende des republikanischen Katholizismus gewesen, einer der festesten Stützen des Regimes. Er hatte sich die möglichen Folgen seiner Wühlereien vielleicht nicht klar gemacht, denn er ging nirgends bis auf den Grund. Er rührte sich, zu dem einzigen Zweck, nach vorn zu gelangen. Er war eingebildet auf seinen kleinen Adel, stolz auf seine Eleganz, überzeugt von den Vorrechten der Kapitalistenklasse vor allen armen Teufeln.

Für einen kleinen Adligen, kleinen Industriellen, ohne Verdienste wie er war, kaum noch mit weißer Weste bei seiner zweifelhaften Vergangenheit, benahm er sich grade dreist und zäh genug. Obwohl er in einem fort abfiel, machte er ungezählte Anläufe, um sich durchzusetzen bei der einzigen bürgerlichen Partei, die in jener Zeit die Macht verteilte. Er verwendete die ihm zugänglichen Mittel, womit schon gesagt ist, daß es keine geistigen waren. Er verfuhr auf gleiche Art wie ehedem in Amerika, mit Menschenkauf oder mindestens mit dem Ankauf von Zeitungs-Aktienpaketen.

Aber man kann ohne weiteres annehmen, daß er auch Menschen kaufte. Nach seinen Begriffen waren sie dafür da. Er hielt die Politik für eine Art Spielbank, wo einige bestochen werden, um mit anderen zu schwindeln und die Opfer in die Falle zu locken. In Befolgung dieser damals wenig üblichen Auffassung wurde er einer der leitenden Köpfe eines gewissen Vereins, der den frechen Namen Herrenklub bekam und wo es allerdings von feinen Herren wimmelte.

Jeder hatte Zutritt, wenn man nur gesellschaftlichen Snobismus bei ihm annehmen konnte. Snobismus bedingt natürlich die Gesinnung der guten Gesellschaft, und die ist mehr oder weniger gefärbt mit Verachtung der Demokratie. Es war nur gut, wenn die meisten Mitglieder, im schmeichelhaften Gefühl ihrer Vereinsbrüderschaft mit hochgestellten Persönlichkeiten, den wirklichen Zweck niemals durchschauten. Das Ziel war die monarchistische, antisoziale Reaktion, die sich einschleichen sollte in die ganze Gesellschaft ohne Unterschied der Parteien. Diese kannte man vorgeblich nicht.

Mit ihrer Spekulation auf lange Sicht verfuhren Papen und Konsorten ähnlich wie Hitler, der sich ebenfalls gedulden mußte, bis die Republik durch seine Betriebsamkeit genügend unterwühlt war, bis sie hinreichend ihre Sicherheit verloren hatte durch seine ununterbrochenen Angriffe und, schon ganz vertattert durch seine Drohungen, endlich sturmreif schien. Übrigens konnte im Fall Hitler wie im Fall Papen die Herkunft der Geldmittel, die sie stützten, nur die gleiche sein. Damit indessen hören die Ähnlichkeiten auf.

Die Rednergaben des einen bestimmten ihn für die öffentliche Tribüne. Der andere war der Mann der engen Kreise, wo der reizvolle Plauderer geschätzt wurde. Hitler versetzte Massen in Begeisterung, während Papen die einzelnen verführte. Eine Versammlung hat er niemals seinem Bann unterworfen. Jener dagegen konnte nicht einmal vor drei Personen sagen, was er zu sagen hatte, außer wenn er aufstand und sich Schwung gab. Der Agitator bekam leicht Schaum vor den Mund, indessen ein anmaßendes Lächeln von selbst auf den Lippen des Intriganten erschien. Dieser war von seiner eigenen Überlegenheit durchdrungen, alle anderen unterschätzte er und hielt seine Lügen für unwiderstehlich. Der weniger Unnatürliche von beiden wußte selbst nicht, ob er log; er brachte es fertig, einfach das mit zu glauben, was die anderen glauben sollten. Der Raffiniertere glaubte nie irgend etwas.

Indessen muß man verdammt gescheit sein, um richtig falsch sein zu können. Die Papensche Falschheit litt unter seinem wenig begründeten Hochmut, sie hatte keinen inneren Halt und war im Grunde dumm. Auf seinen Bildern sieht man ihn manchmal mit offenem Munde gen Himmel träumen. Hitler seinerseits ist gewiß ein Dummkopf, aber von der feigen und blutrünstigen Sorte. Er lebte im Haß; und da er mit dem Gefängnis schon Bekanntschaft gemacht hatte, arbeitete er an dem Verderben seiner Feinde mit aller Umsicht, wenn es auch aussah wie Kühnheit. Er sammelte eine bewaffnete Macht, was noch das unumwundenste Mittel ist, wenn man die Macht an sich reißen will.

Papen glaubte sich ihrer zu versichern dadurch, daß er den alten Hindenburg in der Hand hatte. Im Grunde hat er alles auf die Langlebigkeit eines Großvaters gesetzt. Wäre dieser verschwunden, dann ist nicht ersichtlich, was ihn von den Hoffnungen Papens noch überlebt hätte. Der ganze schöne Intrigenbau wäre sofort zusammengebrochen. Aber der Großvater dachte nicht ans Sterben; so konnte man denn noch eine Zeitlang auf Mitverschworene in seiner Umgebung rechnen, auf seinen Sohn, seinen Staatssekretär und seine persönlichen Freunde, die Großgrundbesitzer.

Der Sohn Hindenburgs war ein geldloser Lebemann. Der Staatssekretär, ein früherer Sozialdemokrat, fühlte das Ende der Republik kommen und machte schleunigst mit. Bei beiden brauchte Papen nur dieselben Überredungskünste anzuwenden wie schon in mehreren Weltteilen. Wenn andererseits die Agrarier bei den Industriellen sammelten, um dem Präsidenten eins der verschuldetsten Rittergüter zu schenken, dann möchte man glauben, daß der Einfall von Papen stammt. Er sieht so ganz nach ihm aus. Die monarchistische Gesinnung des Staatsoberhauptes stand ohnehin fest; fehlte nur noch, daß er in die materiellen Interessen der Reaktionäre verwickelt wurde.

Der Streich gelang, als Brüning, der Zentrumskanzler, dessen zahlreiche Fehler die Republik geschwächt hatten, endlich auf eine unbestreitbar nützliche Tat verfiel. Er wollte einigen zu großen, schlecht ausgewerteten Grundbesitz enteignen und ihn von Arbeitslosen anbauen lassen. Das war der gefundene Vorwand, um den letzten republikanischen Kanzler loszuwerden. Der entsprechend bearbeitete Hindenburg entließ Brüning, der unter tapferer Hingabe der eigenen Person die Wahl des Präsidenten durchgesetzt hatte, und ernannte Papen.

Endlich am Ziel nach so vielen Mühen, hatte dieser doch nichts weiter davon als etwas Befriedigung seiner Eigenliebe, und auch die hielt nicht vor. Sie bestand im Bruch der Weimarer Verfassung und in der Vertreibung der preußischen Minister. Kurz nachher war er selbst genötigt, die Macht abzutreten an seinen früheren Freund und Verbündeten, den General von Schleicher. Lange Zeit hatten sie gemeinsam intrigiert, hatten hinter der Szene die republikanischen Regierungen aufgelockert, in Erwartung des Tages, da sie die Republik selbst träfen.

Schleicher war nicht so stur wie der, den er öffentlich nach wie vor seinen Freund nannte. Er scheint auch einen schärferen Blick gehabt zu haben. Der Sturz des Regimes, für den er sich eingesetzt hatte, versprach stürmischer zu werden, als er gewünscht hätte. Jetzt drohte der Pöbelaufstand eines Hitler jede disziplinierte Wiederherstellung des alten Staates kurzweg abzuschneiden, die Rückkehr der überlieferten Herrenschicht konnte ein für alle Male undurchführbar werden. Das war mehr, als ein preußischer General zu ertragen fähig war.

Da faßte der Reichskanzler Schleicher den Entschluß, sich der Öffentlichkeit vorzustellen als „sozialen General", der gesonnen wäre, mit den Arbeitergewerkschaften zusammenzugehn. Insgeheim riet er ihnen sogar, in den Generalstreik zu treten, wobei er ihnen den Schutz der Reichswehr versprach. Als Spießer inmitten von Raubtieren lehnten sie das freundliche Angebot, weil ungesetzlich, ab. Lieber wollten sie ehrenwert in ihr Verderben gehn. Schleicher gab sich nicht besiegt. Er griff zu anderen, noch stärkeren Mitteln. Während der ganzen

Zwischenregierung des Generals entfaltete Papen, der ihn genau kannte, ganz unverhohlen seine Betriebsamkeit, um ihn zu Fall zu bringen. Er hätte selbst nicht erklären können, warum. Den Aufstieg Hitlers sah er nicht im entferntesten voraus; in seinem flüchtigen Kopf geisterte unbestimmt eine wiederhergestellte Monarchie romantischer Färbung, eine Art „heiliges Reich", über das er sich in Prophezeiungen gefiel. Aber angenommen, daß ohne zu viel Scherben das Kaiserreich neu aufgerichtet werden konnte, war doch offenbar der oberste Reichswehrgeneral eher am Platz als ein früherer Spionagechef und alter Herrenreiter. Gleichviel, er selbst hielt sich für den Mann des Geschickes.

Das ist er auch geworden – auf seine Art und im Verfolg seiner unwandelbaren Berufung, die im Verrat bestand. Er verriet Freund Schleicher und verriet gleichzeitig die Republik, beides mit so leichtem Herzen, wie er seine Partei oder seine Mitspione verraten hatte.

Es wurde ihm erleichtert von Schleicher selbst, der unvorsichtig genug war, Beweisstücke zu veröffentlichen betreffend die Unterschlagung mehrerer hundert Millionen Mark zugunsten von Großgrundbesitzern, den Freunden und Nachbarn des Präsidenten. Dieser erschien mehr oder weniger unmittelbar betroffen. Es war an der Zeit einzugreifen, ja, die äußersten Mittel anzuwenden zur Rettung derer, die eine soziale und unbestochene Regierung in ihrer Stellung erschüttert hätte.

Papen gewann das Spiel dadurch, daß er herausbekam oder sich ausdachte, der Kanzler wolle die Potsdamer Garnison gegen Berlin marschieren lassen. Der Streich saß um so besser, da er dem alten Präsidenten zugleich hiermit die bevorstehende Verhaftung von drei Personen meldete, darunter der Sohn Hindenburgs. Die beiden anderen waren ganz richtig Hitler und Papen selbst. Wenn es stimmte, hätte Schleicher keine besseren aussuchen können.

Ob wahr oder nicht, Schleicher mußte abtreten, bevor er zum Handeln kam. Er hatte seine Stunde versäumt. Man sprach von einer Krankheit, die seine Tatkraft erschüttert habe. Vielleicht war er nie der starke Mann gewesen. Papen als Retter des Sohnes und des Vaters trat natürlich an seine Stelle und verlor keine Zeit, die Reihe seiner Verrätereien zu ergänzen. Er öffnete Hitler die Tür.

Das hieß soviel wie Übergabe einer belagerten Festung, noch dazu, als der geschwächte Belagerer es sicher am wenigsten erwartete. Die Hitlerbewegung war zum Stillstand gekommen, ob nun das Auftreten eines echten Generals schon genügte, um sie aufzufangen, oder ob sie von selbst ihre Grenzen erreicht hatte. Jedenfalls kam die Bewegung über ein Drittel der Stimmen nie hinaus, solange noch frei gewählt wurde und kein Kunstgriff wie der von „Kommunisten" gelegte Reichstagsbrand zur Fälschung der Wahlen diente.

Papen holte Hitler mit Gewalt. Hitler wurde gegen seinen Willen Reichskanzler. Wäre nicht Papen gewesen und sein verheerender Einfluß auf einen alten Mann, dann wäre Hitler weiter mit schwindendem Erfolg losgezogen gegen die Republik, die auf ihrem ferneren Wege nicht viel davon gemerkt hätte. Nur in Worten hätte er dann die Republikaner abgeschlachtet. Er hätte sie vertrieben, ausgeplündert, täglich geschlagen. In den Kellern seiner SA-Kasernen hätte er ihnen alle Knochen gebrochen; er hätte sie geknechtet oder zum Selbstmord getrieben. Aus einem ganzen Lande hätte er eine Mörderhöhle gemacht, er hätte es in ein Irrenhaus verwandelt, wo die Kranken ihre Aufseher gefangen halten. Aber nur in seinen Reden wäre das alles geschehen. Dank Papen ereignete es sich wirklich.

Hier ertappt man die Geschichte auf frischer Tat. Sie ist kein Verhängnis, und keine unausweichlichen Gesetze schreiben sie vor. Wer sie erlebt hat, stellt fest, daß Menschen dies tun, und nicht einmal starke Menschen. Verräter sind in ihrer Schwäche mehr zu fürchten als die Anstürmenden mit aller ihrer Gewalt, die zum großen Teil gemacht ist. Die Schwäche ihrerseits ist immer echt. Diesmal hat beinahe ein einziger genügt, und die Katastrophe, die beschworen werden konnte, wurde zugelassen. An die Stelle eines Hanswurstes setzt einen Mann, sofort stände es besser um das Leben und Sterben einer unberechenbaren Zahl euresgleichen!

Gewiß ist, daß Papen, als er die Macht an einen Pöbelanführer auslieferte, die Entscheidung für ganz vorläufig ansah. Er als Vizekanzler hatte vor, den anderen zu lenken und von sich abhängig zu erhalten. Hält man ihn für noch so dumm, etwas mußte er doch ahnen von den Mächten des Abgrundes, die er losließ. Aber ein Kavalier wie er ging in die tollste Sache hinein, er traute sich zu, auch wieder herauszukommen. Sein Dünkel war ihm restlos erhalten geblieben, trotz allen Fehlschlägen. Den Mut dazu fand er in einem hohlen Kopf, worin es nur manchmal piepte. Mit nichts war er ausgestattet als seinem einfallsreichen Scheintalent und der Unterstützung durch einen abgenutzten Götzen, der auf den Hund gekommen war gerade durch seine Schiebungen. Damit vermaß sich dieser vereinzelte, bis zur Unsinnigkeit eitle Mensch, standzuhalten gegen einen wilden Andrang Fanatisierter, die Waffen hatten und im Gefolge Hitlers den Staat überrennen sollten. Er machte sich lächerlich, daß es ein Schaudern war, da er einem Weltuntergang die Drehung geben wollte, die er brauchte für seine kleine Klasse ehemaliger Bevorrechtigter und für seinen erbärmlichen Ehrgeiz.

Jetzt hat er begriffen. Nicht er führt, sondern der andere. Er muß mit und klammert sich an den Hitlerschen Rennwagen, der immer schwindelerregender dahinrast. Er wird nicht loslassen, bis man ihn satt hat und ihn auf die Straße schleudert. Das ist dann sein Ende.

Solange sein veralteter Menschentyp noch benötigt wird, dient er als „Neger". Er gibt sich alle Mühe; seine Spezialität sind Kriegskundgebungen, besonders gegen Frankreich. Dazwischen streckt er allerdings Fühler aus, welchen Eindruck es machen würde, wenn er in Paris als Botschafter Hitlers auftauchte. Zu seinem lebhaften Mißbehagen scheint es damit nicht geklappt zu haben. Schade! Es wäre ein rechter Ruheposten nach der tollen Fahrt mit dem anderen; man wäre so schön aus der Todesgefahr!

Er gibt noch groß an, obwohl er nicht mehr wagt, sich zu Pferd photographieren zu lassen, wie zu der Zeit, als er Brüning gestürzt hatte. Jetzt würde er nicht mehr gestehen, schon gar nicht in einer jüdischen Auslandszeitung, daß er das Ende des Nationalsozialismus herbeisehnt.

Ihm dämmert schon, wer alles auf der Strecke bleiben wird, alle die unbedachten Veranstalter der Heimsuchung: Industrielle, Fürsten oder Großgrundbesitzer, alle, die billig hätten davonkommen können mit ein paar Enteignungen damals unter Brüning, alle, die mit ihren Millionen den Hitler hinaufgelotst haben oder die ihn herangelassen haben an die Macht, alle Verräter. Auch sie werden verraten werden, die Reihe ist an ihnen. Der erste Fachmann für Verrat kann sich darüber nicht mehr völlig täuschen.

Die sittliche Erziehung

Die gegenwärtigen Diktaturen haben den Drang, die Demokratie zu zerstören bis zu dem Grade, daß künftige Geschlechter nicht einmal den Begriff mehr kennen. Ein Ausspruch Hitlers kennzeichnet besonders gut seine Geistesart und zeigt, wie er die Menschen einschätzt: „Ich weiß wohl", soll er gesagt haben, „daß wir gewisse Generationen nicht mehr erfassen können. Aber wir werden ihnen die Kinder nehmen."

Das heißt: die jungen Menschen, über deren Charakterbildung er verfügt, sollen nicht mehr stolz und frei sein. Nie sollen sie den Ehrgeiz kennen, teilzuhaben an einer Gesellschaft, deren Einrichtungen allmählich gerechter werden. Gerechtigkeit und Freiheit sollen gestrichen sein aus dem Geist der Nachfahren. Es soll ihnen nicht beifallen, selbständig zu denken oder nach ihrem Gewissen zu handeln. Einzig der Staat wird ihnen vorschreiben, was wahr sein soll. Die Wahrheit wird nicht mehr aufgefunden werden durch uneigennützige Erkenntnis: denn das ist „Kulturbolschewismus". Sie wird verfügt werden im Namen der Volksgemeinschaft, eigentlich aber nur von den Machthabern.

Die Rückwärtserziehung einer ganzen Nation hat in Deutschland eingesetzt. Schon ist sie auf der Höhe und zeitigt täglich Ergebnisse, so vielfältig, daß man staunt. Zum Beispiel haben die Studenten unsere Bücher nicht nur verbrannt: sie haben sie auch gestohlen. Nicht alle wurden auf den Scheiterhaufen geworfen, viele fielen in Säcke, und die wißbegierigen jungen Leute verschwanden damit heimlich. So kamen sie zu Werken, die allerdings aus den Wohnungen politischer Gegner herausgeholt waren, aber anders wären sie eben nicht dazu gekommen. Andererseits hatten sie mit der possenhaften Ausräucherung des bösen Geistes ein Verdienst erworben um die Partei, ja, um das Vaterland. Denn das ist bekanntlich das gleiche, und außerhalb der Partei gibt es kein Vaterland.

An manchen Berliner Häusern hängt bei festlichen Gelegenheiten ein Bild Hitlers, mit den Füßen am Boden und dem Kopf im obersten Stockwerk. Die Inschrift verkündet: „Hitler der Arbeiterfreund!" Wirklich ziehen denn auch Tausende von Arbeitern, alt und jung, mit begeisterten Zurufen vorbei am Bilde dessen, der ihre Gewerkschaften zerstört und die Kassen beschlagnahmt hat. Eine gleich große Zahl von Proletariern kann an diesen Kundgebungen des Hochgefühls nicht mehr teilnehmen, denn sie sind gefangen oder umgebracht. Wer vorläufig noch verschont bleibt, ist um so fester überzeugt, daß er sich richtig benimmt so wie hier. Er lebt doch wenigstens. Er kann sogar frische Eier kaufen, wenn er das noch kann.

Eine Handlung und eine Überzeugung sind gut, wenn sie nützlich sind, und nur so lange. Ein treuer Untertan des Diktators und des Vaterlandes, die eins sind, wird man dadurch, daß man gewisse Worte ruft und die gebotenen Bewegungen dazu macht. Mit zunehmender Gewöhnung kommen diese armen Leute allmählich so weit, daß sie ihre früheren Genossen, die im Gefängnis hungern und sich foltern lassen, für Verräter halten. So sieht die neue Erziehung zum wahren Deutschtum aus. Ob sie durchdringt, das richtet sich offenbar nach der Macht derer, die sie erzwingen. Die Vaterlandsliebe bedeutet unter der Diktatur, daß man zum Stärkeren hält.

Man läßt es sich gesagt sein, und die Patienten eines jüdischen Arztes hüten sich, ihn aufzusuchen, trotz allem Vertrauen, das sie zu ihm haben. Sie waren vielleicht durchaus keine Antisemiten, aber Rassengläubigkeit lernt man, wenn es sein muß. Man macht sogar schon mit, wenn ein Vorteil winkt. Wo kein Geschäft mehr geht, ist es ein Trost, wenigstens die israelitischen und marxistischen Konkurrenten loszuwerden. Diese wie jene verschwinden vom Schauplatz, und wem es zu lange dauert, bis sie abhauen, der denunziert sie. Das ist ehrenvoll und ist Gewinn. Einer zeigt den andern an wegen marxistischer Umtriebe oder einfach, weil er „miesgemacht" hat, was laut ministerieller Verordnung verkappter Marxismus ist. Damit macht man sich beliebt und außerdem fällt es so leicht. Das Denunzieren wird ohne weiteres zum Bestandteil der verwandelten Sitten und einer erneuerten Moral, die kraftvoller als die alte ist. Jeder sucht seinen Stolz darin, den Nachbarn zu bespitzeln, mag es ihm im Augenblick auch nichts einbringen. Immerhin sorgt er vor und wird sich auf geleistete Dienste berufen können an dem Tage, wo er selbst denunziert ist. Die gute Gesinnung findet ihre Stütze in der heilsamen Furcht.

Ebenso gute Stützen sind allerdings Haß und Neid. Als wir ausgewanderten Intellektuellen unsere Heimat verließen, war es höchste Zeit. Tags darauf drohte uns Verhaftung und was noch sonst. Tatsächlich hatten unsere lieben Kollegen von den nationalistischen Blättern nichts eiliger, als Nachforschungen anzustellen über unseren Verbleib. „Man hat sie nirgends gesehen; nach Hause sind sie auch nicht gekommen." Man hielt es nicht aus vor Ungeduld, wir möchten endlich dafür gezüchtigt werden, daß wir so lange und so sichtlich die geistig Überlegenen gewesen waren und daß die Republik uns gesellschaftlich dahin gestellt hatte, wohin wir gehören.

Es war eine gute Zeit für die Schriftsteller im Solde des Herrn Hugenberg, wie auch für ihn selbst, der mehrere Ministerien beherrschte. Seitdem hat Hitler, der frühere Schützling Hugenbergs, ihn untergekriegt. Er mußte abtreten. Seine Partei wurde aufgelöst, auf den Stahlhelm konnte er nicht mehr bauen; da drohte dann auch seinen Zeitungen das Verbot oder die Enteignung. Der Tag kann kommen, wo er selbst verhaftet wird. Wenn seine Mitarbeiter jetzt noch in Entzücken geraten über den Sturz einstiger Größen, dann bewegt sie nicht mehr nur ihr Haß. Das elende Geschick eines sozialdemokratischen Oberpräsidenten wird ihnen wohl schon etwas mehr zu denken geben als noch vor Wochen. Der alte Mann war durch die Stadt geschleift worden, in der er lange der

Höchste gewesen war. Die Menge pfiff und heulte, wo er vorbeikam, einst ein so mächtiger Beamter, jetzt als Straßenarbeiter gekleidet, mit einer Schaufel in der Hand. Damit nichts fehle zu seinem Leidensweg, mußte der Unglückliche durch das ganze Oberpräsidium hindurch, wo seine früheren Untergebenen von Amts wegen „Nieder" riefen.

Die Hugenberg-Presse gab diese Auftritte begeistert wieder. In besonderes Entzücken geriet sie über eine Racherede des Nazi-Polizeipräsidenten, übrigens ein verurteilter Mörder, der kurze Zeit vorher aus dem Zuchthaus entlassen war und jetzt für die öffentliche Sicherheit sorgte. Schön. Nur hat man die Empfindung, daß der Schreiber, sosehr er jubelt, doch keine so ungemischte Befriedigung mehr genießt wie damals, als unserem Verbleib nachgeforscht wurde. Eine Ahnung überkommt ihn wohl doch, daß bald auch er selbst und seinesgleichen allen Grund haben könnten, den Aufenthalt zu wechseln. Seither haben sie das Fürchten gelernt, und Furcht ist als Erziehungsmittel noch zuverlässiger als selbst Neid und Haß.

Die neue sittliche Erziehung umschließt die Furcht und den Haß. Auch verbindet sich die Gewaltanbetung mit der Lust am fremden Leid. Der Rassenstaat verlangt von den Seinen, daß sie den Tod anderer befriedigt mit ansehen. Nichts ist eigentlich berechtigter, da doch „der Deutsche nicht gern im Bett stirbt", zufolge jenem ulkigen Papen, der seinerseits ungefähr ebenso gebettet ist wie Hugenberg und daher immer ungestümer wird. Richtiger hätte er gesagt, daß der Deutsche, wie im allgemeinen der Mensch, überhaupt nicht gern stirbt, weder im Bett noch anderswo. Allerdings bringt das gegenwärtige „System" ihm Unempfindlichkeit bei. Das geht so weit, daß man, kühl bis ans Herz hinan, die Kranken zugrunde gehen läßt, anstatt ihnen, wie früher, wenigstens etwas Milch zu bewilligen.

Immer steht der famose Göring in erster Reihe, ob das Denunzieren für eine Pflicht gegen den Staat erklärt wird oder ob die Seelen sich verhärten sollen gegen das Schauspiel von Hinrichtungen. Die Republik hatte keine mehr gewollt. Jetzt dagegen werden die längst zum Tode Verurteilten hervorgeholt aus den Gefängnissen, wo man sie absichtlich vergessen hatte, und Göring, so unermüdlich wie morphiumsüchtig, findet für eines noch immer Zeit: das ist, Hinrichtungen zu befehlen.

Die kräftigere Moral, zu der diese Nation angehalten wird, hat noch eine Wirkung. Alle passen sich den amtlichen Lügen an und übernehmen sie. Der Reichstagsbrand ist für die Öffentlichkeit eine Tat von Kommunisten, und die werden sie wohl büßen, obwohl sie nichts damit zu tun haben. Wegen Ermordung eines Sipomannes wird eine Unzahl von Kommunisten qualvoll sterben müssen, an Stelle der Nazis, die, wie jeder weiß, auf den Polizisten geschossen haben. Die Nation glaubt felsenfest an diese Wahrheiten, nur ihre einzelnen Angehörigen halten sie allerdings für schamlose Lügen und teilen dies insgeheim einander auch mit. Ebenso liest man ja auch Bücher, die man verbrannt zu haben behauptet. Eine Moral mit doppeltem Boden, das ist die Höhe dieser Erziehung. Denken und Wissen gibt es nur noch, solange man sich nicht erwischen läßt.

So ist es auch mit den Geisterflugzeugen, die niemand gesehen hat; aber das „System“ braucht sie, damit es wirkliche Flugzeuge bauen kann. Dasselbe ist es mit der Rassenlehre, deren Unsinnigkeit fast allen Deutschen auffällt, die Dorftrottel vielleicht ausgenommen. Auch die „Eugenik“ wird einigermaßen zuschanden gemacht, wenn eine Nation, aus der alle angefaulten Teile ausgemerzt werden sollen, als Führer ausnahmslos nachweisbare Degenerierte hat. Und die wissen es. Und Göring gibt einen Erlaß von sich, aus dem das schlechte Gewissen spricht, einen Erlaß gegen die Mittel, die er selbst spritzt.

Der laut verkündete Antimarxismus steht in offenbarem Widerspruch zu dem mehr und mehr betätigten Bolschewismus. Auch diesen verkündet man, schmückt ihn aber mit dem Beiwort germanisch. Dann ist alles gut. Die Friedensreden stimmen nicht zu dem Rüstungsgeschrei. Aber eine Politik mit noch so offen eingestandenen Ansprüchen auf Eroberung will doch beileibe keine Kriegspolitik sein.

Übrigens ist die Kriegspolitik auch nicht ehrlicher als die Friedensreden. Der Krieg kommt sicher ganz von selbst, entschlossen war man gar nicht.

Er wird entfesselt werden kraft seiner sittlichen Erziehung auf Grund von Lügen. Niemals noch ging eine solche Lügenlawine über eine Nation nieder, fälschte ihr die eigene, jüngste Geschichte und brachte fertig, daß sie alles vergaß.

Die sittliche Erziehung entscheidet über die Zukunft einer Nation und der ganzen Welt. Die Demokratie nur stürzen, heißt noch nichts. Den neuen Geschlechtern mußte auch das Fassungsvermögen abgewöhnt werden für den Begriff des Friedens, für die Begriffe Gerechtigkeit und Wahrheit. Hitler hatte richtig gesagt: „Wir werden ihnen die Kinder nehmen."

Der sichere Krieg

Die ursprüngliche Neigung des Menschen zur Zwietracht und Gewalt ist durch seine Geschichte nur verstärkt worden. Die Eroberung des Friedens wird noch lange das schwerste Unternehmen bleiben, und viel Kampf wird es kosten, eine versöhnliche Gesinnung durchzusetzen.

Man muß immerfort aufpassen und handeln. Wer bloß zusieht, wartet vergebens, daß Frieden wird: es wird nur Krieg. Der Krieg kommt schon, wenn man einfach nichts gegen ihn tut. Nicht angreifen beweist nichts. Krieg ist eigentlich, sobald eine rücksichtslos nationalistische Herrschaft sich irgendwo einrichtet. Ein vom Gesetz des Stärkeren regiertes Land gerät von selbst in den Konflikt. Fälschlich glaubt man, erst nach den äußeren Kundgebungen eines Regimes sei zu beurteilen, wie wahrscheinlich durch seine Art der Krieg wird. Im Gegenteil! Sein Auftreten im Innern entscheidet.

Wenn die Herren einer Nation so mit ihr verfahren wie Sieger mit einem wehrlosen Land, dann könnten die fremden Zuschauer wissen, woran sie sind. Keine Regierung kann ihre Gesinnung beliebig umstellen und, je nachdem, ihre eigenen Leute unmenschlich treten, für die übrige Welt aber die zarteste Rücksicht aufbieten. Hat ein Regime als Grundlage den Haß, dann will er ganz sicher auch die Welt ergreifen. Wer das eigene, gefügige Volk immerfort belügt, von dem ist anzunehmen, daß er das All belügt. Der Terror, mit dem verworfene Machthaber das erbeutete Land verpesten, ist schließlich auch nur ein Zeichen für all das, was den anderen bevorstände.

Die Hitler-Diktatur wird verständlich allein im Hinblick auf den Krieg schlechthin. Bei Bürgerkriegserscheinungen halte man sich nicht auf. Die sind nur die eine Seite des Hasses, womit diese Leute auf den Weltfrieden schielen. Als sie noch nichts waren, haben sie Deutschland drauf und dran gesehen, einer der Pfeiler zu werden für eine europäische Verständigung, soll heißen gegenseitige Würdigung und Ausgleich der Interessen. Grade das wollten sie nicht.

Auf den Versailler Vertrag ist es ihnen in Wahrheit niemals angekommen; der hat ihnen mittelbar sogar genützt. Die vorgebliche Erniedrigung Deutschlands hielt sie nicht ab, es weiter zu erniedrigen. Denn sie machten sich eine Waffe aus der Lüge, die republikanischen Parteien hätten die Alleinschuld ihres Landes behauptet.

Ihr wilder Haß gegen die Republik ging über jedes Maß, sooft sie eine Erleichterung des Vertrages erreichte. Die verschiedenen Pakte, Schuldenabkommen und internationalen Annäherungen brachten sie rein aus dem Häuschen. Die Rücksichtnahme der anderen für Deutschland, ihre Versuche, seine Wirtschaft zu heben, es zu versöhnen, es endgültig zurückzuholen in eine Gemeinschaft befriedeter Nationen: das, nur das waren die echten Anlässe der Nationalsozialisten, vor Wut epileptisch zu werden.

Die Befreiung des Rheinlandes ist in Deutschland nur spärlich gefeiert worden. Der republikanische Staat erlaubte sich einen Hinweis auf seinen tatsächlichen, wenn auch späten Erfolg; aber seine bösartigen Feinde schnappten ihm den Vorteil augenblicklich weg. Zufällig war ein zweifelhaftes Individuum damals grade umgekommen. Die Besatzungstruppen erschossen es, weil es mehrere der Ihren ermordet hatte. Diesen Heldentod schlachteten die deutschen Nationalisten so lange aus, bis von der ganzen Rheinlandbefreiung kein Mensch mehr sprach.

Der Versailler Vertrag war offenbar das Werk von Männern, die in Kriegsgesinnung noch tief befangen waren. Als aber dann der Geist der Feindschaft überall nachließ, brachte die Hitlerbewegung ihn einzig und allein in Deutschland auf eine nie erlebte Höhe. So ist denn die Republik nicht deswegen unterlegen, weil ihr manches mißlungen war, sondern zur Strafe für ihre Erfolge.

Alle Taten der Hitlerei, jetzt, da sie an der Macht ist, bekommen ihren Sinn erst, wenn man an den nächsten Krieg denkt. Dazu gehören besonders die Verfolgungen von Marxisten, Katholiken, Intellektuellen und Juden. Aus Gründen der inneren Politik allein kann man andere Gruppen der eigenen Nation nicht so ungeheuerlich hassen. Dafür ist nötig, daß man sie als Helfershelfer des Auslandes ansieht und als den verkörperten Widerstand gegen die Kriegsgelüste, von denen man besessen ist. Allen Deutschen, die keine Nazis sind, wird im Grunde nur eins vorgeworfen. Sie sind ein Hindernis für den erträumten Krieg.

Das übrige sind Redensarten, hinter denen nichts steckt. Was heißt Antimarxismus in einem Lande, wo jeder einzelne Sozialist ist. Das Wort ist nur erfunden worden zum Nutzen einer Partei, deren Anhänger um ihren eigenen Marxismus dadurch betrogen wurden, daß man sie andere Marxisten unterdrücken und aus ihren Arbeitsplätzen drängen ließ. Diese Rassenpartei hatte auch für die Verfolgung der übrigen Gruppen nur den Grund, daß sie verhältnismäßig friedlich waren. Die Katholiken waren eine Stütze der Republik gewesen bei allem, was sie getan hatte, um sich eng einzugliedern in eine europäische Zivilisation, die endlich einmal aufhören wollte, ihre Lebenskraft an den Krieg zu verschwenden.

Am Ursprung jedes anderen Hasses stößt man auf den Geisthaß; er ist am festesten verwurzelt. Man könnte ja auch alle Arten von Menschen stumpf genug machen, daß sie jeden Widersinn hinnehmen und ihren gedankenlosen Trieben folgen. Immer blieben noch jene Intellektuellen, deren Ehre und Lebensrecht ganz und gar begründet sind auf Erkenntnis.

Grade die Rassenfanatiker aber gewinnen nicht, wenn sie erkannt werden, und sie wissen es.

Hitler hat wiederholt erklärt, er sei kein Antisemit. Er behauptet, sein Absehen gegen die Juden gelte nur ihrem Marxismus. Er sähe sie demnach als Intellektuelle an. Sie vertreten ihm den Geist einer vorgerückten Zivilisation, die über die herkömmliche Auffassung von Krieg und Frieden schon hinaus ist. Das stimmt bei weitem nicht für die Gesamtheit der Juden. Auf alle Fälle aber hat mit dem ganzen Judenhaß die Rasse am wenigsten zu tun; sonst würden die Rassenfanatiker die Gehaßten nicht so oft mit anderen verwechseln. Grade jetzt erbauen sie sich an einer Sammlung von Bildnissen, die typisch jüdisch sein sollen. Dabei zeigen einige nachweislich die Züge bekannter „Arier".

Trotzdem bleibt die Rassenlehre ein hervorragendes Hilfsmittel für alle herrschsüchtigen Pläne, zuerst die Gewalt im Innern, dann die Weltherrschaft. Da man sich als auserwählte, höhere Rasse hinstellt, brauchen die anderen es nur noch zu fühlen zu bekommen. Sind erst alle Deutschen „gleichgeschaltet" und unterschiedslos militarisiert, dann kann es nicht fehlen, daß des einen oder anderen Tages diese Einheitsmasse auch wirklich losgeht – in den Krieg natürlich. Die sittliche Erziehung des Volkes war ja auf Krieg gerichtet, und jede Regung der auswärtigen Politik hatte nur ihn als Ziel.

Alles hängt zusammen: von den amnestierten Mordnazis bis zu dem Anspruch, Rußland zu „kolonisieren"; von der Arbeitsdienstpflicht bis zu der Sucht nach Gebietserweiterungen; vom Vernunfthaß bis zu den Machenschaften, damit nur kein Zollfriede kommt. Keine Vergewaltigung der deutschen Nation, die nicht zugleich die übrige Welt bedroht. Diese läßt sich denn auch nicht irreführen durch Ableugnungen und Lügen, obwohl sie bisher nicht handelt und die deutlichsten Warnungen scheinbar überhört.

Es sah ganz anders aus, als die Mächte gegen den Bolschewismus der Sowjets vorgingen. Und doch kann über die Hitlerei kein Mensch im Zweifel sein. Wie einer der Leiter der österreichischen Politik erst kürzlich sagte, ist sie nur ein schlechterer Bolschewismus. Geistig und sozial bringt sie nichts mit. Der Vorteil, den die Hitlerei voraus hat vor den Demokratien, liegt nur in ihrer Zerstörungskraft.

Sie hat den Nutzen gehabt von der friedlichen Gesinnung der deutschen Demokratie. Wenn sie auch jetzt, bei den anderen, auf keinen ernsten Widerstand stößt, hat es den Grund, daß die Hitlerei grade rechtzeitig kommt. Wieder profitiert sie von einer fast allseitigen Friedensliebe. Man ist müde und hat eine unüberwindliche Neigung, die Wirtschaftskrise sich abnutzen zu lassen, anstatt daß eine Kriegskatastrophe daraus wird. Man nimmt auch die größte Rücksicht auf die deutschen Schulden, obwohl es feststeht, daß während der Dauer der nationalsozialistischen Diktatur die Gläubiger keinen Pfennig wiedersehen werden, und zwar weder die öffentlichen noch die privaten Gläubiger. Darüber hinaus ist zu fürchten, daß durch bloße Untätigkeit der Krieg nicht zu vermeiden ist, wenn andere ihn im Gegenteil mit aller Macht betreiben.

Jeder europäische Krieg ist, wie Voltaire meint, ein Bürgerkrieg. Mit noch mehr Berechtigung läßt sich sagen, daß Bürgerkriege schon der Anfang allgemeiner Kriege sind. Das gilt vor allem für die Hitlerherrschaft, die späte Folge einer unverdaut gebliebenen Niederlage, die jetzt gerächt werden soll, und zwar zuerst am eigenen Volk.

Die Leiden dieses Volkes hätten ihm vielleicht erspart werden können. Die anderen Nationen hätten einfach verbieten sollen, daß ein paar übel beleumdete Abenteurer sich zu seinen Herren aufwarfen. Dann wäre auch der Krieg nicht inzwischen so nahe gerückt.

Die erniedrigte Intelligenz

„Uns wird bekundet, daß damals Arulenus Rusticus dafür, daß er Petrus Thraseas, Herrennius Senecion aber dafür, daß er Priscus Helvedius gerühmt hatte, mit dem Tode büßen mußten. Uns wird bekundet, daß man nicht allein gegen die Autoren wütete, sondern sogar gegen ihre Schriften, und zwar hatten die Triumvirn den Befehl bekommen, auf öffentlichem Markt, im Beisein allen Volkes zu verbrennen, was die ausgezeichnetsten Geister für alle Zeiten geschaffen hatten. Gewiß dachte man auf immer zu ersticken in diesen Flammen sowohl die Stimme des römischen Volkes als auch die Freiheit des Senates und das Gewissen der Menschheit. Schon waren vertrieben alle, die Weisheit lehrten, verbannt war jede freiheitliche Kunst – aus Furcht vor dem Ehrenhaften, das noch hätte auftreten können. Wir haben sicherlich an Geduld Erstaunliches geleistet, und mögen frühere Jahrhunderte eine übertriebene Freiheit gekannt haben, so sahen wir das Letzte von Knechtschaft – wir, denen nachgespürt wurde, damit wir nichts mehr sagen, nichts mehr hören sollten. Mit der Rede hätte man uns sogar das Gedächtnis geraubt, wäre es uns nur möglich gewesen, so gut zu vergessen, wie wir schweigen lernten.“ *Tacitus* Leben des Julius Agricola.

Ein gewisser Hinkel ist der Erfinder des Wortes „Intellektbestie“, womit er alle Denkenden schlechthin, besonders aber die Schriftsteller meint. Nach seiner Ansicht ist Denken und Schreiben das sicherste Zeichen der tierischsten Gemeinheit. Nun trifft es sich, daß dieser Hinkel einer der Kommissare des deutschen Diktators ist, wie dieser überall welche hinsetzt. Den Genannten hat er zum Aufseher gemacht über die Theater, Akademien und allgemein über Anstalten, die als eigentlicher Nährboden der „Intellektbestie“ gelten.

Offenbar hat er den Auftrag, sie zu zügeln, ihr nötigenfalls ein paar Zähne auszubrechen und aus der Bestie ein Haustier zu machen zum Gebrauch der Diktatur, die ihrerseits, die ganze Welt weiß es, die Sanftmut und Menschlichkeit selbst ist.

Hier erscheint wieder die Umkehrung der Werte, an die wir nachgerade gewöhnt sind. Die vom Blut der anderen triefen, nennen Bestien die Menschenklasse, deren unveräußerlicher Beruf es ist, ihre Schandtaten laut beim Namen zu nennen. Die Machthaber werden niemals ganz mit ihnen fertig werden. Das tut nichts, wenn es ihnen nur gelingt, den meisten Furcht einzujagen und eine gewisse Anzahl zu bestechen.

Ob die deutschen Intellektuellen sich die Bezeichnung „Bestie“ gefallen lassen oder nicht, sie können nicht umhin, einige Tatsachen festzustellen. Alle wie sie da sind, waren in der Nähe, als Bücher verbrannt wurden, klassische Werke, die sie für ewig unangreifbar gehalten hatten, und Arbeiten Lebender, denen sie in ihrer Mehrzahl eine manchmal aufrichtige Bewunderung bezeugt hatten. Dieselben Autoren, denen zu Ehren sie einst gerührte Reden gehalten hatten, jetzt verließen sie vor ihren Augen das Land. Andere folgten ihnen aus freien Stücken, und wieder andere konnten nicht umhin, sonst mußten sie die ärgsten Mißhandlungen befürchten.

Die deutschen Intellektuellen, soweit sie dablieben, haben notwendig erfahren, wie es ihren Kollegen ergangen ist, wenn sie bei den jetzt Maßgebenden unbeliebt waren, sich aber aus Armut oder Unverstand nicht in Sicherheit brachten. Sie haben Geschichten gehört, die heimlich verbreitet wurden, und haben sie selbst flüsternd weitererzählt: grauenhafte Geschichten von Gelehrten, die sich vor fahrende Züge warfen, von der Einkerkerung einer alten Künstlerin und von hochverdienten Schriftstellern, die in der Gefangenschaft täglich geschlagen wurden. Aber diese Gefolterten und zum Selbstmord Getriebenen, alle die gewaltsam Umgekommenen und die noch Entronnenen, deren Kraft auf immer gebrochen ist, das waren bis vor kurzem die Gefährten ihrer Arbeit und ihrer Freuden. Sie begegneten ihnen alle Tage an denselben Orten, ein Lächeln auf den Lippen und mit ausgestreckter Hand. Wenn sie jetzt des Nachts kein Albdrücken haben, dann sind sie offenbar recht widerstandsfähig gegen das Leiden anderer.

Es muß gesagt werden, daß sie an die Stelle der Verschwundenen getreten sind und daß ihre eigene Bedeutung in unverhoffter Weise zugenommen hat, weil andere auswanderten, verboten wurden und ins Elend kamen. Da es ihnen selbst entsprechend besser ging, kann es ihnen leichter gefallen sein, sich zu dem Geschehenen positiv einzustellen. Für viele ist das richtig. Manche hat es im Gegenteil angewidert. Ihnen gebührt Anerkennung, wenn auch unter Fortlassung ihrer Namen. Sie würden Unannehmlichkeiten haben.

Als Bruno Walter in Deutschland nicht mehr dirigieren durfte, eilten Rivalen genug herbei, um statt seiner das Orchester zu leiten, unter ihnen leider auch der am höchsten bewunderte Komponist der letzten Generationen. Ein anderer, gleichfalls berühmter Kapellmeister indessen, der aufgefordert wurde, für Walter einzuspringen, hatte den Mut, zu telegrafieren: Ich bin nicht Richard Strauss.

Gelehrte, die in keiner Weise behaftet waren mit Internationalismus, Marxismus oder anderen Pestbeulen der „Intellektbestie", nahmen ihren Abschied, verzichteten auf jede öffentliche Wirksamkeit und auf die Genugtuungen einer Beamtenlaufbahn, zum Zeichen des Protestes gegen die willkürliche Absetzung ihrer Kollegen. Über ihren persönlichen Nutzen stellten sie die Ehre des freien Gedankens. Genauer gesagt, begriffen sie die eigene Persönlichkeit nur als Auswirkung des selbstherrlichen Geistes.

In demselben Fall befand sich seinerseits der Kardinal-Erzbischof von München, als er den Verlust seiner Freiheit vorzog, anstatt widerspruchslos hinzunehmen, daß die Unabhängigkeit der Religion angetastet wurde. Katholischer Glaube und Wissenschaft, beide fanden in dieser Zeit der Verfolgungen Männer, die aufrecht blieben, kraft ihres unbezwinglichen Gewissens.

Richter verschmähten es, sich herzugeben für die Tendenzprozesse, die in ihrer schwindelhaften Inszenierung so gern verwendet wurden für die Propaganda des Systems. Mehrere der Juristen waren den politischen Tagesmeinungen durchaus nicht abgeneigt. Aber ihre Wesensbildung verdankten sie von jeher dem Recht, und in der sittlichen Welt erkannten sie als beständig und heilsam nur das Recht. Es verraten wollten sie nicht; so opferten sie sich.

Sogar in der Akademie der Künste haben sich Überzeugungen behauptet, und einige Mitglieder haben sich von ihr losgesagt infolge der geistfeindlichen Kundgebungen des Regimes. Von ihnen waren die weitaus meisten, was man deutschstämmig nennt; die wenigsten waren Juden. Bemerkenswert ist, daß diese letzteren nicht alle gegangen sind, als sie es in Ehren konnten. Mehrere sind durch ihre Schuld entfernt worden, nachdem sie der tückischen Aufforderung, sich für den neuen Staat zu erklären, entsprochen hatten.

Zur Ausfüllung der Lücken wurde eine Liste neuer Mitglieder veröffentlicht. Der Minister hatte sie allerdings ernannt; verschwiegen wurde nur, daß einige der bekanntesten sich geweigert hatten, der Berufung zu folgen. Nein, die Diktatur verfügt über kein hervorragendes Personal. Begreiflicherweise kann ihr das gleich sein, sie haßt ja die Intelligenz und tut, was sie kann, um ihr jeden Einfluß zu nehmen. Gleichwohl gibt sie sich als Gönnerin der Wissenschaften und Künste, vorausgesetzt, daß diese sich ihren Launen beugen.

Die Republik war sparsam, in Geldsachen hatte sie Verantwortungsgefühl, und große Mittel kamen nie in Frage, nicht einmal als Belohnung hervorragender Arbeiten. Plötzlich ist Hitler da, und das Geld wird zum Fenster hinausgeworfen, märchenhafte Preise sind zu vergeben an eine Literatur, die zwar ohne Klasse, aber gutgesinnt ist. So macht man es, wenn man der Kunst und dem Denken etwas unterschieben will, das Idee und Schöpfung vortäuschen soll. Die Erfahrung hat sie gelehrt, daß man vermittels Geld und Reklame sehr wohl zur Macht gelangen kann, da stellen diese Menschenbehandler sich denn vor, geradeso könnten sie auch den neuen Geist erzwingen, dem sie gleichen.

Wir anderen hatten uns unser Leben lang bemüht, menschliche Wahrheiten in Worte zu fassen und sie zu gestalten, bis sie lebten. Literatur, Kunst und Theater waren Formen des Lebens gewesen auch in dem Sinn, daß sie darstellten, was sich gehalten hatte nach strengen Kämpfen und einer unerbittlichen Auslese. Wir waren ohne Unterlaß der Kritik ausgesetzt gewesen. Wir brauchten oft fünfzehn oder zwanzig Jahre, bis wir für unsere Sache ein zahlreiches Publikum gewonnen hatten. Dafür waren aber einige Namen auch dauerhaft verankert im öffentlichen Bewußtsein, als Beispiele einer sittlichen Erziehung und geistiger Bemühungen, deren Spur nicht ganz vergehen sollte, wenn die Träger der Namen starben.

Die Hitlerleute räumten mit diesen sehr einfach auf, sie nannten sie Kulturbolschewisten. Ganz gleich, ob die Schriftsteller schon unter dem Kaiserreich bekannt geworden waren, jetzt hießen sie Novemberliteraten. Man tut, als glaubte man, erst die Republik hätte uns herausgestellt durch besondere Achtungsbeweise, während sie in Wirklichkeit nur das unbeeinflußte Urteil der Zeitgenossen bestätigte.

Der Rassenstaat hat die Freiheit abgeschafft auf geistigem Gebiet wie überall und vermißt sich, jeden wohlerworbenen Ruhm in Vergessenheit zu bringen, genau wie ein Filmunternehmer einen Star fallenläßt, weil er einen neuen billiger kriegt. Dies System und seine Zutreiber sind so verrückt oder so dumm, daß sie mit Gewalt Begabungen und Werke durchsetzen wollen an Stelle derer, die sie für hinfällig erklären.

Leistungen und Erfolge müssen nicht mehr schwer erkämpft werden, sie entstehen auf dem Verfügungswege; und da das Publikum sich darauf denn doch nicht einläßt, soll es schlankweg gezwungen werden. Der bewußte Hinkel drohte kürzlich den Bemittelten, die keine Theaterplätze kaufen wollten. Nun also! Ins Konzentrationslager mit den widerspenstigen Zuschauern!

Die weichen den Schauspielhäusern aus und lesen die Naziliteratur nicht, weil die Langeweile und Verlegenheit nicht auszuhalten sind, wenn immer nur anspruchsvolle, leere Halbheiten zutage kommen. Ein amtlich beglaubigter Dramenheld mag zehnmal jeden Abend beteuern, er sei echt deutsch und als echter Deutscher entsichere er beim Wort Kultur seinen Revolver, er geht darum noch niemand etwas an, er rührt an nichts Menschliches. Er ist ein Markenfabrikat im Sinne der gewalttätigen, großsprecherischen Minderheit, der es geglückt ist, das Land zu erobern, aber nicht die Menschen. Die Intelligenz dieser Nation ist tief erniedrigt. Indessen noch in ihrer Erniedrigung bleibt sie stark genug, den Diktatoren das Geständnis ihrer Schwäche zu entreißen. Das Publikum haben sie nicht, die Menschen haben sie nicht.

Die erniedrigte Intelligenz führt eine Art Gegenbeweis: sie entlarvt die Menschengattung, die sich gar nicht schnell genug zunutze machen kann, daß es keine Intelligenz mehr geben soll. Einer der Heldendramenschmierer, dessen Stück vor gähnend leeren Häusern gespielt wurde, ist der Propagandaminister. Während des vorigen, noch nicht rassisch gesäuberten Zeitalters widmete er sich der Abfassung eines schlechten erotischen Romans. Der andere, der sich gegen die Kultur mit dem Revolver schützt, hatte drei Kriegsjahre lang Irrsinn simuliert, damit er nicht an die Front mußte. Dieser Pflanze ist die Ehre zugefallen, das Staatstheater zu leiten, ebenso wie der Minister gerührt von den unerwarteten Höhen reden kann, zu denen das Leben ihn geführt habe. Weder dieser noch jener begreifen, daß es auch Ehren für Ehrlose gibt.

Seinen literarischen Nachwuchs bezieht das System hauptsächlich aus den Reihen der Alten, Halbvergessenen, die sich über die frühere große Presse zu beschweren hatten. Da sind arme Nichtskönner mit Augen gelb vom Ärger. So lange hatten sie ertragen müssen, daß auch wir noch da waren. Sie zitterten danach, ranzukommen, verzweifelt hofften sie auf ihre Stunde. Jetzt ist sie da. Sie sollen sie nur schnell genießen, lange wird sie kaum dauern. Damit aber unser Sinn für Komik nicht zu kurz kommt, bereichert sich die neue Literatur um den ulkigen Gesinnungsmenschen, der seit ewigen Zeiten in falscher Dämonie und gewollter Perversität gemacht hatte, um jetzt plötzlich der Verherrlicher des großen nationalsozialistischen Helden zu werden, eines Opfers der Kommunisten. Bei Lebzeiten war der Held ein Zuhälter; da ist denn zu bewundern, mit welcher doppelsinnigen Begeisterung der Romandichter sich gerade bei dieser Einzelheit aufhält, so bedauernswert sie vom Standpunkt der Rassenreiniger sein mag.

Das sind die Prominenten. Da die alten Herren mitmachen, ist es nur natürlich, daß die meisten Jungen sich bereitwillig gleichschalten. Man lebt nur einmal. In Mode ist die Kraft, und in Ermangelung einer wirklichen Kraft, die hysterische Grausamkeit. Loben wir die Sieger! Den Besiegten soll unsere Verachtung gelten! Wir wollen nichts verstehen und keine Werturteile äußern. Hüten wir uns vor der Analyse und machen wir uns von der Gesellschaft nur ja keinen erlebten Begriff! Die Sprache darf nicht mehr gepflegt werden, Pflege des Wortes führt zur

Menschenkenntnis und zu der einzigen des Namens würdigen Literatur. Es wäre Marxismus, denn der Marxismus ist schon längst keine Theorie mehr: er ist tägliche Erfahrung, die Praxis des Beisammenlebens, ein menschenwürdiges Dasein. Marxismus ist das Übliche und alles, was sich von selbst versteht.

Das herrschende System hält sich für stark genug, gegen alles wirklich Wahre anzugehn. Lassen wir es dabei, wenn wir junge Gleichschalter und von dem Wunsch erfüllt sind, auf kürzestem Weg an die Krippe zu kommen. Uns genügt völlig die falsch heldische Walze und eine lächerliche Vorstellungswelt, die nicht menschlich, aber vorgeblich deutsch ist. Halten wir uns an unser Deutschtum, reden wir nicht davon, daß wir Proletarier oder geistige Arbeiter sind! Immer müssen wir, so oder so, wieder anlangen bei dem „Volk ohne Raum", das nur die eine Sorge kennt um Gebietserweiterungen; denn einzig an ihrem großen Land unterscheidet man die großen Nationen. Es versteht sich, daß andere Eroberungen mehr geistiger Art nicht den geringsten Anteil haben am Ruhm dieses Landes.

Weiter ist nichts dabei. Wir sind deutsch und nur deutsch. Darauf reite herum, dann wirst du als Schriftsteller begönnert und bist auf bestem Wege, ein Meister zu werden. Übrigens ist gegen dich nichts zu machen. Die Kritik versinkt in den Boden. Zur Zeit des „Kulturbolschewismus" konnte sie niemals anspruchsvoll genug sein. Jetzt ist sie von Amts wegen gewarnt, Werke zu verreißen, in denen das Regime seinen Ausdruck sieht. Sie muß sich hinterhältiger Kunstgriffe bedienen, wenn sie durchblicken lassen will, daß alles das der letzte Dreck ist.

Nein, das Regime verfügt über keine hervorragenden Kräfte, weder in der Literatur noch auf anderen Gebieten geistigen und sittlichen Wirkens. Es hat Brauchbare für sich, und massenhaft laufen ihm Schwache zu. Abgeschnitten von der wahren Literatur, die ausgewandert oder zum Schweigen gebracht ist, werden sie noch schwächer. Es berührt sie nicht mehr, Intellektbestien genannt zu werden; an zu viel Intellekt gehen sie ohnedies nicht zugrunde. Sollen sie aber Bestien sein, dann finden sie darin nichts Kränkendes. Bestien sind beliebt.

Manche Schriftsteller mittleren Alters besinnen sich wohl noch darauf, daß sie einst geistig beflissene Menschen waren. Davon ist ihnen etwas geblieben, sie hätten nicht übel Lust, die Versöhnung herbeizuführen zwischen der Intelligenz und der rohen Gewalt, deren Anhänger sie jetzt sind. Sie erreichen dies aber höchstens mit einem Haufen leerer Redensarten und absichtlicher Mißverständnisse. Einer von ihnen hatte lang und breit, ausdrücklich für Frankreich, die Verteidigung des deutschen Nationalismus unternommen. Damit hat er hauptsächlich erreicht, daß seine französischen Leser diesen Deutschen seitdem für moralisch unzulänglich halten. Denn sie stellen fest, was aus dem gerühmten Nationalismus inzwischen geworden ist: der Terror; und was aus dem Autor: ein Parteigenosse Hitlers.

So einer findet, daß jede siegreiche Bewegung ihre Rechtfertigung schon mitbringt. Nun, wenn dann morgen die kommunistische Bewegung siegt, werden wir die Freude erleben, daß er sich dort anzubiedern versucht und mit Fußtritten weiterbefördert wird. Im Augenblick ist die Hitlerei dran, und der bewährte Kenner von Volksbewegungen hat von dieser keine Ahnung. Zu seinem Glück weiß er nichts mehr von all den beschämenden Umständen, infolge deren es schließlich geschehen konnte, daß eine schon in Verruf und in Auflösung geratene Partei doch noch zur Macht kam. Eine schauerliche Korruptionsaffäre war der Grund. Die mußte begraben werden, und zu Hilfe rief man diesen Hitler, der selbst nur, von Kopf bis Fuß, das Geschöpf internationaler Korruptionisten war.

All die blutige Schande, die für mein Land daraus gefolgt ist, war durchaus vermeidbar; nur mußte ernsthaft widerstanden werden, vor allem seitens der Intellektuellen, anstatt daß sie sich feige anpaßten und Verständnis heuchelten. Ich kann nichts anfangen mit verschwommenen Rechtfertigungen einer Bewegung, deren Unmenschlichkeit in die Augen springt. Ich weiß wohl, daß sie gewissen Richtungen der Zeit entspricht, und wahrscheinlich führt sie durch Blut und Schmutz dereinst in andere Zeiten, die es wieder wert sind, gelebt zu werden. Alles was geschieht, kann zuletzt für null und nichtig gelten, einfach, weil das Leben weitergeht. Das heißt noch nicht, daß es gerechtfertigt ist vor der

Vernunft und angesichts der Menschheit. Die gehäuften Leichen des Volkes, des echten deutschen Volkes, reden eine Sprache, klarer und überzeugender als die der Haarspalter und der Tanzderwische.

Selbst Literaten müssen wissen, daß alle Einrichtungen, die den meisten das Leben erträglicher gemacht haben, marxistisch sind und daß die Diktatur sie nur zum eigenen Vorteil unterschlagen hat, wie sie ja auch die Kassen stahl. Sie hat noch mehr gestohlen – sogar die kommunistischen Gesänge, deren Melodien die Leute Hitlers benutzen zur Feier ihrer blutgierigen, mit Unfruchtbarkeit geschlagenen Gottheit.

Auch Intellektuelle, die volkswirtschaftlich nur wenig beschlagen sind, hätten doch feststellen müssen, welch einen abscheulichen Hohn die Machtschieber mit dem proletarischen [Maifest] trieben. Zuerst wurden die Arbeitergewerkschaften gezwungen, sich zu beteiligen, aber genau am Tag nachher zerschlug man sie und verhaftete ihre Führer. Wie hier der Untergang politischer Gegner in Szene gesetzt wurde, das gehört zu den gemeinsten Handlungen, die das Gedächtnis der Menschen aufbewahren wird. Die Verüber brachten dasselbe sogar nochmals fertig, als sie gleich nach der Unterzeichnung des Konkordats mit dem Papst eine ihrer abscheulichsten Zwangsvorstellungen in Wirklichkeit umsetzten. Sie schritten zur Unfruchtbarmachung anderer Menschen.

So etwas verüben sie unfehlbar nach jeder öffentlichen Gelegenheit, bei der sie sich ungefähr zivilisiert aufgeführt haben. Das innere Gesetz, nach dem sie verfahren, ist eine unheimliche List, wie sie Irrsinnigen eignet. Die Herren des Tages gleichen für Literaturkundige aufs Haar den Verrückten aus der Novelle von Poe, die ihre geistig gesunden Wächter eingesperrt haben und nun endlich hausen können. Da hört man denn den einen seinen sauberen „Führer" mit Jesus Christus vergleichen und ein anderer bemißt die Dauer des „Dritten Reiches" auf zwanzigtausend Jahre! Worte fallen wie dieses: „Im Ausland gibt es Psychoanalyse, Marxismus, Paragraphen" –. Nicht aber im Irrenhaus. Dort ist man ohne geistige Aufsicht, asozial und an Gesetze nicht gebunden. Man redet und tut, was durch das leidende Gehirn zuckt. Weder Kritik noch die

Zwangsjacke sind zu fürchten, die Wächter sitzen hinter Schloß und Riegel.

Literarisch Denkende teilen die Menschen in sittliche Typen, danach urteilen sie. Ich will glauben, daß hinter den kopflosen Rechtfertigungen, denen manche Gleichgeschaltete sich ergeben, geheimes Grauen steckt. Bei aller unbestimmten Sympathie mit der Rassenpartei hatte man sich immerhin nicht vorgestellt, was aus ihr noch werden würde, wenn sie erst richtig freie Hand bekäme. Jetzt fühlt man sich mit verwickelt in Verbrechen, die man denn doch nicht gewollt hatte. Um so heftiger gibt man sich; nur hinzusehn vermeidet man peinlich. Gegen die Verzweiflung schützt ein Panzer aus freiwilliger Unwissenheit.

Übrigens müssen die Gleichgeschalteten fühlen, daß sie völlig überflüssig sind. Das System braucht sie im Grunde nicht, um das Volk abzuschlachten, zu erniedrigen und zu verdummen. Sie bleiben beiseite; ihre Stimmen, die schon nachlassen, werden bald untergehn im Heulen des Sturms, der erst anfängt. Der wird Schluß machen mit den Ausschreitungen der falschen Intelligenz, die sich hat ducken lassen, bis sie niedrig war.

Es kommt nach dem Sturz Hitlers. In seiner Unfähigkeit hat dieser Mensch alles niedergerissen, nichts aufgebaut. Seine Sturmtruppen haben die Gewohnheit angenommen, gegen ihn aufzumucken. Eine nach der anderen muß er auflösen, eine nach der anderen verschwindet in Konzentrationslagern. Die Kräfte, auf die er sich stützte, laufen ihm davon, er hängt in der Luft, und ob er gebietet, wütet oder zappelt, Leere entsteht um ihn und die verschlossene Villa, der niemand zu nahe kommen darf. Jeder Beliebige kann ihn stürzen, und erst recht die nicht Beliebigen, die nur seit 1914 in ihrer Entschlußfähigkeit wesentlich verändert scheinen.

Dann wird er also zusammenbrechen an dem Tage, da die jetzt unauffindbaren Waffen der aufgelösten SA in den Händen der Kommunisten wiederauftauchen werden. Diese für die Öffentlichkeit gar nicht vorhandene Partei ist in Wirklichkeit die zahlenmäßig stärkste

Deutschlands geworden. In freien Wahlen bekämen die Nationalsozialisten vielleicht noch zwanzig Prozent der Stimmen, die Kommunisten aber sicher mehr als sechzig Prozent. Unter der Republik hatten sie nicht die geringste Aussicht gehabt, je zur Macht zu gelangen. Der politische Unverstand einiger reicher Leute glaubte durch Hitler und seine Bewegung die deutschen Arbeiter versklaven zu können wie arme waffenlose Neger. Damit haben sie das, was ohnehin kommen muß, um ein halbes Jahrhundert vorgerückt.

Der herannahende Kommunismus ist das Wirkliche, es bricht sich Bahn durch den Schwindel der Hitlerei. Dabei bleibt es, sollten auch die ersten Versuche scheitern oder ausarten. Denn der Kommunismus wird durch den Zwischenfall Hitler vielleicht nicht gerade abgeklärt worden sein. Anzunehmen ist, daß die SA-Männer nach einem Wechsel in der Lehre und der Befehlsgewalt noch immer weder maßvoller noch logischer werden. In Deutschland wird das öffentliche Geschehen fast nie von der Logik bestimmt, sondern vom Gefühl. Davon hat sich nun reichlich viel angesammelt seit der unheilvollen Erziehung durch die Rassenpartei, und es sind nicht grade liebenswürdige Gefühle.

Wir können uns nur in Geduld fassen, wir Intellektuelle, die unser Land verließen um unserer Geistesfreiheit willen und damit wir selbst in Freiheit blieben. Ich hatte die Pflicht, einigen Stunden deutscher Zeitgeschichte ihren eigentlichen Sinn abzugewinnen, und dies zum Besten der Nation, der ich angehöre, wie auch anderer Nationen. Ich wahre meine persönliche Aufrichtigkeit und wache über ein paar Funken der Wahrheit, die in keinem Fall nur deutsch ist; sie ist Menschenbesitz.

Ich glaube wie je, daß literarische Bemühungen niemals ohne Wirkung bleiben, wie lange es auch dauern mag, bis die greifbare Welt ihnen zugänglich wird. Künftige Menschen können sich einem gerechten Handeln nur dann gewachsen zeigen, wenn wir verharrt haben in der Sprache der Wahrheit.

Anhang

Szenen aus dem Nazileben

Auf der Straße

Berlin, Nürnberger Platz. Die Fassade eines Hauses ist von unten bis oben bedeckt mit dem riesenhaften Abbild des „Führers". Jeder Vorübergehende schleudert pflichtgemäß die Hand hinauf und ruft „Heil Hitler!"

Ein Mann ersucht einen anderen um Feuer. Während die Zigaretten einander berühren, springt der andere zurück.

„Sie haben mein Hakenkreuz bespuckt!"

„Ich? Im Gegenteil. Heil Hitler!"

„Das ist verkappter Marxismus. Ich muß Sie anzeigen." Zu einem SA-Mann: „Nehmen Sie den Mann mit! Er hat das Hakenkreuz angespuckt."

Der Beschuldigte: Ich bin Arier und Antimarxist. Lassen Sie mich, Kameraden! In den Spichernsälen bildet sich ein Zug der Arbeitsfront. Ich muß mitgehn, als deutscher Unternehmer in Reih und Glied mit deutschen Arbeitern!

Der SA-Mann: Halt mal! Das Hakenkreuz auf der Brust des anderen Mannes ist feucht. Ich stelle fest, daß das Speichel ist.

Der Beschuldigte: Meiner nicht!

Ein Zuschauer: Doch! Ich habe es gesehn.

Zweiter Zuschauer: Er hat den Herrn eigens um Feuer gebeten, damit er das Hakenkreuz bespucken konnte.

Der Mann mit dem Hakenkreuz: Habe ich es nicht gleich gesagt?

Der SA-Mann, zu dem Beschuldigten: Kommen Sie mal mit!

Der Beschuldigte schreit vor Angst: Nein! Ich will auch gestehn. Ich trage ein Gebiß. Es spuckt von selbst.

Der SA-Mann: Ihr Gebiß geht mich nichts an. Mitkommen!

Er packt ihn beim Arm.

Der Beschuldigte, verzweifelt: Heil Hitler!

Er bespuckt das Hakenkreuz des SA-Mannes.

Der SA-Mann: Auf frischer Tat! Du kommst ins Vorverhör, mein Junge. Bei unserem Sturm.

Der Verhaftete stößt ein Geheul aus, im Vorgefühl des „Vorverhörs" durch den „Sturm".

Der Zug der Arbeitsfront marschiert an dem großen Abbild vorbei. Einstimmiger Ruf: Hoch der Führer! Der Arbeiterfreund! Heil Volkskanzler!

Die gutgekleideten Herren, die im Zuge mitgehn, rufen lauter und schleudern die Hand höher als die Masse der schlechtgekleideten Männer.

Eine Frau, in einem Menschenhaufen, schüttelt die geballte Faust gegen das Abbild des „Führers": Ein Ausländer!

SA-Männer, die den Zug begleiten, fallen über sie her, sie verrenken ihr die Arme, bis sie aufheult.

Die SA-Männer: Beschimpfung des Führers! Du Marxistenbestie sollst uns kennenlernen.

Die Frau: Ich habe keinen Österreicher gemeint! Ich meinte einen Weißrussen. Der darf Hilfspolizei spielen und hat meinen Mann auf den Schädel geschlagen. Mein Mann wird vermißt. Ein Ausländer darf jetzt einen Deutschen ungestraft beseitigen.

Ein SA-Mann wendet den Aufschlag ihrer Jacke um. Darunter erscheint ein Sowjetstern.

Der SA-Mann: Da haben wir's.

Die Frau bekommt mit Gummiknüppeln einige über den Kopf und bricht zusammen.

Der wegen Spuckens Verhaftete ruft begeisterter als alle anderen: Totschlagen das Gesindel! Nieder mit Marx! Heil Hitler!

Der SA-Mann, der ihn verhaftet hatte: Warum haben Sie dann das Hakenkreuz bespuckt?

Der Verhaftete: Ganz unabsichtlich!

Der SA-Mann: Zweimal!

Der Verhaftete: Ein tragisches Verhängnis! Mein Gebiß –

Ein kleiner, dunkelhaariger Herr: Ich erbiete mich, den Fall wissenschaftlich aufzuklären. Ich bin Dentist.

Der SA-Mann: Sind Sie Jude?

Der Herr: Nur teilweise. Ich zähle zu den nachgedunkelten Schrumpfgermanen, wie unser Goebbels.

Der SA-Mann: Frechheit! Sie haben gar nichts aufzuklären, besonders nichts wissenschaftlich, Wissenschaft ist verkappter Marxismus. Mitkommen!

Er läßt den Arm des wegen Spuckens Verhafteten los. Dieser springt sofort in den Zug der Arbeitsfront und betätigt sich in wilder Begeisterung.

Der dunkelhaarige Herr wird abgeführt unter wohlgezielten Fußtritten ins Rückgrat. Während der Platz sich leert, dringt aus einer anliegenden Straße sein furchtbares Geschrei.

Im Konzentrationslager

Kommando: Auf! Ab! Auf! Ab!

Zwanzig Minuten lang werfen alle sich auf den Bauch und springen wieder auf. Wer nicht schnell genug ist, bekommt Peitschenhiebe um die entblößten Hüften.

Pause.

Alle fallen um und ringen am Boden nach Luft.

Zwei Männer blinzeln lange, bevor sie einander erkennen. Sie flüstern.

„Auch hier, Herr Zielke?“

„Ich bin so frei, Herr Blöm.“

„Frei ist das richtige Wort.“

„Voriges Jahr begegneten wir uns noch im Verein. Es waren sogar zwei Vereine.“

„Mein Apothekerverein ist gleichgeschaltet.“

„Mein Drogistenverein auch.“

„Wär ich nur nie als Gast in Ihren Verein gegangen!“

„Und ich nie in Ihren!“

„Dann hätten wir nie herausbekommen, was Traber machte.“

„Sein Doppelspiel.“

„Daß er in meinem Verein anders redete ...“

„Und in meinem wieder anders.“

„Uns Drogisten versprach er, wenn die Nazis die Macht hätten, dürften wir sämtliche Apothekerwaren verkaufen.“

„Uns Apothekern versprach er hoch und heilig die Schließung aller Drogerien.“

„Ich Esel entlarvte ihn!“

„Ich Rindvieh bestätigte Ihre Enthüllungen. Dafür bin ich hier.“

„Traber hat uns denunziert. Wir kamen sofort auf eine Liste.“

„Jetzt müssen wir hier turnen.“

„Und nierenleidend werden von den Prügeln.“

Noch leiseres Geflüster:

„Aber Traber auch.“

„Nicht möglich. Wer so gut lügen konnte!“

„Er ist doch damit hereingefallen. Seine Tante war Jüdin. Außerdem wußte er manches.“

„Haben Sie ihn gesehn?“

„Sie können ihn ebenso gut sehen. Der Mann, den sie grade an den Pfahl binden.“

„Der ist nicht mehr zu erkennen.“

„Den haben sie öfters ins Gesicht getroffen, Herr Zielke.“

„Sie können mir viel erzählen, daß es Traber ist, Herr Blöm.“

Kommando: Auf!

Sie springen vom Boden auf.

„Ab!“

Sie werfen sich auf den Bauch.

Ein Führer: Meyer, von der Commerzbank! Na, jetzt lernst du uns kennen.

Ein Gefangener: Metzger, auch mal bei der Commerzbank gewesen! Abgebaut wegen Unbrauchbarkeit. Freut mich, daß Sie hier endlich ein geeignetes Betätigungsfeld gefunden haben.

Der Führer: Mich freut es noch mehr.

Er zieht ihm die Peitsche um die Hüften.

Der Gefangene: Danke. Sie arbeiten Ihr Gehalt ab.

Der Führer: Sing doch, Mensch! Das tut weh.

Der Gefangene: Erst lange zetern? Ich bekomme lieber gleich den Herzschlag. Der ist mir sowieso sicher, und Sie werde ich nicht fragen.

Der Führer: Du hast wohl lange keine in die Fresse gekriegt. Du mußt verrückt sein, Meyer. Wozu hast du die ganze Sache gemacht? Nicht mal Marxist warst du.

Der Gefangene: Was habe ich gemacht? Das vergißt man hier ganz.

Der Führer: Vor den Kollegen in der Bank hast du gesagt: „Einer müßte sich doch endlich finden, der mit ihm Schluß macht." Natürlich wußte jeder, mit wem.

Der Gefangene: Ach ja. Dann haben Sie mich angezeigt, und ich kam erst mal aufs Präsidium.

Der Führer: Das hätte dir als Lehre dienen sollen. Aber du mußt einen Defekt haben, Meyer. Nach deiner Entlassung aus dem Präsidium fragten wir dich, wie es gewesen war, und du antwortetest: „Mir haben sie nicht viel getan. Aber in meiner Zelle waren die Wände bespritzt mit frischem Blut." Das meldete ich natürlich wieder.

Der Gefangene: Dafür sind Sie Führer geworden. Wenigstens hat es sich gelohnt für Sie, Metzger.

Der Führer: Für dich auch, Meyer. Lebendig kommst du hier nicht heraus.

Er hebt die Peitsche, läßt sie wieder sinken.

Der Führer: Hat keinen Zweck bei dir. Was mach ich mit Leuten, die einen so dicken Knacks haben.

Er dreht sich um und läßt ihn stehen.

Eine Frau: Hier kann sogar ich noch zulernen.

Eine andere: Was wollen Sie hier denn lernen?

Die Frau: Meine Herren krieg ich ganz anders ran, wenn ich erst wieder im Beruf bin. Sie sollen auch, wie hier, auf allen vieren um die Wette laufen und Siegheil rufen.

Die andere: Was für einen Beruf haben Sie denn?

Die Frau: Im Geschäft trag ich hohe rote Stiefel.

Die andere: Sie sind wohl Sadistin? Deswegen sind Sie hier?

Die Frau: Im Gegenteil. Ich vertrug nicht genug. Ich hatte zwar eine Folterbank, aber das war nur Kinderei. Kommen SA zu mir in den Laden und fragen nach der Folterbank. Ich sage: Kenne ich gar nicht. Sie finden zuerst meine Ketten und Peitschen. Die Folterbank sehen sie ganz zuletzt, und da hab ich ihnen eingeredet, das sei zum Turnen für meinen Affen.

Die andere: Das haben die Dussels Ihnen geglaubt?

Die Frau: Glatt. Nur wegen der Ketten und der Stiefel haben sie mich aufs Präsidium mitgenommen. Leider wußten die SA dort noch nicht genug Bescheid und führten mich in einen falschen Gang, wo Bilder hingen. Ich sah nicht hin, aber sie zeigten mir eins. Das sollte den marxistischen Präsidenten vorstellen.

Die andere: Grzesinsky? Von Landarbeitern sind wir auch mal regiert worden.

Die Frau: Sie hatten ihn als zehnfachen Juden abgebildet, eine Nase wie 'ne faule Gurke. In der Hand hielt er eine Peitsche. Darunter stand: „Hitler sollte man mit der Peitsche über die Grenze jagen."

Die andere, flüstert: Aber getan hat er's nicht.

Die Frau: Darauf schiele ich auch nach den anderen Bildern. Das waren Photographien von Vermißten. Nicht mehr zu erkennen. Zerstückelt, zerschnippelt wie mit der Schere. Das rohe Fleisch und überall geronnenes Blut.

Die andere: Aber Sie als Sadistin?

Die Frau: Mir wurde schwach.

Die andere: Darum sind Sie hier?

Die Frau: Weil ich das gesehen hatte, und es nicht vertrug.

Die Vermißten

In einem Café. Alle Tische sind besetzt. An einem von ihnen sitzen zehn braun gekleidete Nazis in Gesellschaft eines sehr eleganten Zivilisten.

Der elegante Herr: Achtung! Da kommt er. Türen zu! Niemand verläßt das Lokal!

Der Wirt: Bitte gefälligst die Herren, nur keinen Krach! Die Polizei –

Der elegante Herr: Die sind wir.

Der zuletzt eingetretene Gast: Lassen Sie mich raus! Hier fühle ich mich nicht sicher.

Der elegante Herr: Sehr richtig. Kennen Sie mich?

Der letzte Gast: Herr Hanussen!

Der Herr: Persönlich. Ich bin der offizielle Astrologe des Dritten Reiches. Aus der Konstellation der Gestirne habe ich prophezeit, daß es kommt, und Tausende hörten ganz doof zu. Was denn, Hunderttausende! Millionen, und geglaubt haben sie's. Darum ist das Dritte Reich denn auch richtig eingetroffen.

Der letzte Gast: Geschwindelt haben Sie! Ein richtiger Astrologe sind Sie nicht, dabei bleibe ich. Sie sind nur ein Betrüger.

Der Herr: Das sollen Sie nicht noch mal sagen. Schmutzkonkurrenz in Astrologie machen Sie mir auch nicht mehr. Wissen Sie was? Körperliche Ertüchtigung treiben Sie gefälligst, und meine jungen Freunde in der kleidsamen braunen Tracht passen scharf auf Sie auf. Los! Trab!

Der letzte Gast bekommt einen Fußtritt von einem der SA-Männer, darauf fängt er an, durch das Café zu laufen. Bald geht ihm der Atem aus, er stolpert und stößt an die Tische. Die Frauen schreien. Alle Gäste sind aufgesprungen, drängen nach den Ausgängen, finden sie aber geschlossen.

Der Wirt zu dem eleganten Herrn: Sehen Sie denn nicht, daß Sie mein Unternehmen abwürgen?

Er bricht auf einem Stuhl zusammen und sagt mit ersterbender Stimme: Ach! Noch mehr Aufregungen vertrag ich nicht. Die braune Kundschaft hört auch gar nicht mehr auf damit. Besetzen mein Lokal, die ganze Bande. Bestellen Kaffee und legen jeder 25 Pfennig hin. 60 kost' er.

Seine Stimme ist nur noch ein Hauch.

Der Herr: Ich werde rücksichtslos durchgreifen, wo mir der Junge das ganze Astrologie-Geschäft versaut. Ist er immer noch nicht erledigt?

Der letzte Gast läuft weiter wie toll. An beiden Enden des Lokals paßt ein SA-Mann auf ihn auf. Sooft er anlangt, wird er herumgedreht und bekommt einen Stiefelabsatz in den Hintern.

Das Publikum beschwert sich laut. Es hat genug und verlangt, daß die Türen geöffnet werden.

Der Herr wird wild: Ihr da unten im Parkett! Mal schön stieke, ja? Oder ihr kriegt euer blaues Wunder zu sehen. (Zu den SA:) Jungens, rauf mit dem Preisrenner auf den Tisch! Heil Hitler soll er rufen, bis er die Lunge auskotzt. Wenn er Zicken macht, haut ihn gründlich in die Fresse, den Marxisten! Alles kann ich mir leisten. Gegen mich wagt keiner was. Ich weiß zu viel über das Dritte Reich, und Graf Helldorf ist mein Freund.

Der letzte Gast wird auf einen Tisch gehoben. Mit der Kraft der Verzweiflung brüllt er: Heil Hitler!

Der Herr: Und die andern? Na los mal!

Der Chor der entsetzten Gäste: Heil Hitler!

Der Herr: So war's richtig. Aber dort hinten der Junge schreit nicht mit. Er hat nicht mal aufzustehn geruht. Na helft ihm, meine Heldenschar!

Ein SA-Mann: Das ist ja der Wirt! Komisch, der ist tot.

Beim Grafen Helldorf, Polizeipräsidenten von Potsdam. Er ist ein Lebemann vom sportlichen Typ, das Gesicht zeigt eher Zynismus als stilles Besinnen. Er hat eine Besprechung mit dem eleganten Herrn aus der vorigen Szene.

Helldorf: Herr Hanussen, gegen Sie liegen Beschwerden vor. Neulich abends sollen Sie gradezu einen öffentlichen Skandal erregt haben.

Hanussen: Ich dachte nur an Ihre eigenen Stückchen, lieber Graf. Ich folge Ihren berühmten Spuren.

Helldorf: Darauf brauchen Sie nicht zurückzukommen, da war ich noch nicht Polizeipräsident. Das habe ich alles vergessen.

Hanussen: Auch, was ich für das Dritte Reich getan habe? Ich hab es prophezeit!

Helldorf: Damit haben Sie Millionen verdient.

Hanussen: Und Ihnen hab ich sie geliehen, im Vertrauen auf Ihre künftige Macht. Jetzt haben Sie Ihr Händchen in den öffentlichen Geldern. Ersetzen Sie mir meine Auslagen!

Helldorf: Die haben Sie ersetzt bekommen, denn Ihre Prophezeiungen sind eingetroffen. Das muß Ihnen genügen.

Hanussen: Ich soll pleite sein, Sie aber sitzen in Ihrem Fett und schämen sich nicht. Ihre ganze Herrlichkeit verdanken Sie doch bloß Ihren Verbrechen. Mit den gemeinsten Betrügereien haben Sie es geschafft. Sie sind erledigt, wenn ich auspacke über Sie und nebenbei über die andern.

Helldorf: Sie sind ein jüdischer Wucherer und verlieren vor Geldgier den Verstand, Herr Hanussen.

Hanussen: Na schön. Ich bin Jude. Das Dritte Reich verdankt ihr der Zugkraft eines jüdischen Anreißers. Wir sind einer soviel wert wie der andere, Graf Helldorf. Bezahlen Sie mich!

Helldorf: Nein. Aber ich bin nett und erzähle Ihnen eine Geschichte von einem gewissen Bell.

Hanussen: Ihr Bell interessiert mich nicht.

Helldorf: Im Gegenteil, er interessiert Sie ganz persönlich. Dieser Bell vermittelte zwischen uns und einem internationalen Petroleummagnaten. Der Großkapitalist finanzierte unsere Bewegung auf

Gegenseitigkeit. Wenn wir erst die Macht hätten, sollten wir ihm das russische Petroleum erobern.

Hanussen: Aha! Mir ahnt, wer das ist. Ihr habt für eure deutsche Erhebung internationales Geld genommen, und jetzt verleugnet ihr eure Unterschrift. So machen Sie es auch mit mir. Vergessen Sie aber nur nicht, daß Bell alle Beweise in Händen hat.

Helldorf: Das meine ich grade. Er hatte sie. Aber er wird vermißt.

Hanussen, erstarrt: Sie wollen wohl nicht sagen –. Sie haben ihn doch nicht –?

Helldorf steht auf: Halten Sie von der Geschichte, was Sie wollen. Adieu, Herr Hanussen.

Hanussen geht wankend auf die Tür zu: Jedenfalls weiß ich jetzt noch mehr. Wenn ich nur noch dazu komme, es zu benutzen!

Helldorf: Das ist allerdings die Hauptsache, Herr Hanussen.

Dem SA-Mann, der den Besucher hinausbegleiten soll, gibt der Polizeipräsident einen stummen Befehl. Der Mann antwortet ebenso, daß er verstanden hat.

Eine Vorstadtlandschaft gegen Abend. Ein Lastauto mit zwei Mann fährt in ein Gehölz. An einer besonders einsamen Stelle halten sie an und steigen ab. Beide sind gekleidet wie Erdarbeiter, mit Schaufeln in der Hand.

Der achtzehnjährige Junge: Hast du auch richtig nachgesehn? Ist wirklich niemand in der Nähe?

Der dreiundzwanzigjährige: An uns wagt keiner sich ran.

Der Jüngere: Wir haben ja die Uniform ausgezogen. Uns können sie für gewöhnliche Arbeiter halten.

Der Ältere: Man braucht nur zu kieken, was wir hier tätigen. Irrtum ausgeschlossen. Glaub mal ruhig einem erfahrenen alten Mann!

Er faßt an seine hintere Hosentasche: Na, und wenn wirklich einer zu neugierig wird ... Höchstens macht das einen mehr. Dreizehn müssen wir sowieso schon einbuddeln.

Der Jüngere: Hier ist es richtig. Das Grab gehört zwischen die vier Buchen.

Der Ältere: Meinetwegen Buchen.

Sie gehen daran, Erde auszuheben. Nach einer Stunde angestrengter Arbeit betrachten sie befriedigt ihr Werk.

Der Jüngere: Wenigstens sind wir keine Arbeitslosen.

Der Ältere: Das kann niemand behaupten. Uns beide kennen sie als ekelhaft tüchtig und halsen uns den ganzen Dreck auf, jedesmal wenn es was gesetzt hat. Die Kameraden besorgen bloß das Totschlagen, was ist das schon. Wir müssen sie einbuddeln.

Der Jüngere: Ich hab aber auch einen gekillt. Er war schon ein bißchen älter und wollte Frieden stiften – ausgerechnet zwischen uns und den Kommunisten.

Der Ältere: Das hast du richtig angefaßt. Vorher war er wohl nicht friedlich, als die Kolonisten auf zwei von unseren Leuten geschossen haben. Wenn wir das durchgehn ließen, daß sie die SA überfallen! Gleich wäre alles kaputt.

Der Jüngere: Auf einen Anruf ist der ganze Sturm hinbeordert. Den Kolonisten haben wir es besorgt. Es war unser gutes Recht. Sie hatten uns ja überfallen.

Der Ältere: Quatsch nicht! Bei mir gibt's nur eins: Kommunistenherde ausrotten, ganz egal, ob wir überfallen sind.

Der Jüngere: Ach! Dann waren wir wohl gar nicht überfallen?

Der Ältere: Wenn schon. Geht uns nichts an. Die Grube hat Platz für die ganze Gesellschaft. Holen wir sie mal aus dem Lastauto und verstauen wir sie ordentlich!

Der Jüngere: Die sind wenigstens kein „Volk ohne Raum“.

Der Ältere: Was ist wieder los? Ach! Bildung. Intellektuellen trau ich nun mal nicht.

Der Jüngere: Ich hab aber den alten Mann gekillt. Wurde keß, wollte Frieden stiften.

Aus dem Lastauto ziehen sie nach und nach dreizehn Leichen heraus. Diese sind verstümmelt, meistens nackt und mit geronnenem Blut bedeckt. Die Gesichter sind unkenntlich geworden, so zerschlagen sind sie.

Der Ältere: Das haben sie davon, daß sie sich schief gelegt hatten. Faß mal bei dem Dicken mit an! Den befördern wir gleich in das Loch. Machen sich verdammt schwer, wenn sie tot sind. Mir läuft das Wasser runter.

Er mustert den Jüngeren: Du willst wohl nicht? Was hast du, Mensch? Du bist ja grün.

Der Jüngere: Das ist meiner, ich hab ihn wiedererkannt. Den hab ich gekillt. Gesicht hat er keins mehr. Ich erkenne ihn aber doch, weil ich ihn selbst so zugerichtet habe.

Der Ältere: Na und? Ich hab ihn mir grade erst richtig angesehn. Den legen wir für sich. Hier werden keine Faxen gemacht, tu, was man dir sagt! Und nimm dich zusammen, dich hab ich schon auf dem Kieker.

Der Jüngere macht einen Sprung rückwärts und flüchtet durch die Bäume. Der Ältere schickt ihm aus seinem Revolver eine Kugel nach. Dann horcht er. Endlich kommt ein Klagelaut aus dem tiefen Wald. Der Ältere läuft hin und findet seinen Kameraden, wie er hockt und erbricht. Neben ihm liegt eine Leiche, die offenbar schon ziemlich alt ist.

Der Ältere: Da ist ja noch so'n Bruder, und den kennen wir überhaupt nicht! Zum Kotzen ist der.

Auch er muß erbrechen. Beide schweigen, bis ihre Erregung sich gelegt hat.

Der Jüngere: Siehst du wohl? Du brauchst kein Intellektueller zu sein, es dreht dir doch den Magen um. Jetzt laß gefälligst deinen Revolver stecken. Ich hab auch einen.

Der Ältere: Geht in Ordnung. Der eklige Bruder hat sich aber vornehm angezogen! Das ist kein Kommunist aus der Laubenkolonie. Das ist ein hochvornehmer Herr, der lag sicher richtig. Mir ist sogar, als wenn ich ihn kenne. Wie soll man das Gesicht unterbringen, er hat doch keins mehr.

Er durchsucht die Leiche: Alles haben sie ihm geklaut. Kommunisten natürlich. Aha! Seine Karte. Das ist ja Hanussen!

Der Jüngere: Der Astrologe?

Der Ältere: Persönlich. Der prophezeit uns auch kein Glück mehr. Hat Pech gehabt.

Der Jüngere: Der Mann ist so bekannt! Wir müssen das melden.

Der Ältere: Besser, wir graben ihn auch mit ein. Leute wie wir können nicht so genau wissen, wenn was vorkommt, ob man es zu melden hat oder das Maul halten muß.

Der Jüngere: Außerdem ist mir dieser Astrologe immer vorgekommen wie ein ausgemachter Schuft.

Sie tragen die Leiche zu den anderen, legen sie aber für sich. Es wird schon Nacht.

Der Jüngere: Du legst ihn wohl absichtlich zu dem Alten, den ich gekillt habe!

Der Ältere: Weißt du wirklich nicht, wer das ist? Dann merk dir, daß du einen anständigen Kerl auf dem Gewissen hast. Marxist, war früher Minister, ist ein armer Hund geblieben, wohnte in einer Arbeiterkolonie.

Der Jüngere: Das hab ich gemacht! Ich seh ihn noch aus seiner Laube treten, er hielt ein Buch. Ich – ich habe ...

Er weint in die Dunkelheit, die immer tiefer wird.

Der Ältere: Stelling hieß er. Wir hatten Befehl bekommen, ihn aus dem Haufen herauszusuchen und wieder mitzunehmen. Er kommt in einen plombierten Sarg, und den kriegt die Witwe, aber sie muß eidesstattlich versichern, daß sie ihn nicht aufmacht.

Der Jüngere: Nur schnell fertig werden!

In Eile graben sie alle Toten ein. Schließlich liegen außerhalb des Grabes nur noch die beiden Leichname von Hanussen und Stelling; im Dunkeln sieht einer fast wie der andere aus.

Der Jüngere: Der Schuft und der ehrliche Mann.

Der Ältere: Jetzt macht das nichts mehr aus. Ich meine sogar, die Witwe sollte den Schuft kriegen. Wenn unsere Leute ihn anfassen, wird ihnen nicht so mulmig. Er hat eine feine Kluft an, und ihm ist auch bloß der halbe Schädel weggeschossen.

Der Jüngere: Wie du willst.

Sie stampfen über den Toten die Erde fest, dann tragen sie die Leiche Hanussens auf das Lastauto und fahren damit in eine nahe gelegene Garage. Auf ein verabredetes Zeichen wird ihnen geöffnet. Kein Wort wird gewechselt. Schweigend ziehen sie ihre Uniformen wieder an und machen, daß sie fortkommen. Erst hinter der Straßenecke wagen sie langsamer zu gehn. Die Straße ist beleuchtet.

Eine nicht mehr junge Frau sieht den Jüngeren so lange an, daß er zusammenzuckt. Er fühlt, wie er bleich wird; fassungslos murmelt er: Wenn das nun die Witwe war!

Angstvoll blickt er zur Seite nach seinem Gefährten. Der aber hält die Augen gesenkt.

Man muß sich zu helfen wissen

Ein offizieller Empfang im Palais des Reichstagspräsidenten. Der Hausherr ist Herr Göring. Teure, nagelneue Ausstattung. Massenandrang.

Der mächtige Mann läßt sich von seinen Gästen bewundern in einer Phantasieuniform. Er füllt für sich allein den Vordergrund und hält seinen Riesenleib den photographischen Apparaten hin.

Göring, zu den Journalisten: Ich habe die ganze Nacht am Schreibtisch gesessen und Hinrichtungsbefehle unterschrieben. Überzeugen Sie sich selbst, daß ich frisch und munter bin!

Goebbels, Minister für Propaganda, folgt ihm von weitem mit haßerfüllten Blicken: Er hält sich mit Morphium aufrecht. Wie besessen ist er vor Aufdringlichkeit, und in Wirklichkeit habe doch nur ich allein sie zu dem gemacht, was sie sind, ihn wie die anderen!

Sinsheimer, vom „Berliner Tageblatt": Das sage ich immer. Sie allein sind die treibende Kraft des neuen Staates. Wir hätten ihn gar nicht, wenn nicht Ihre gesammelten Werke wären.

Goebbels: Davon reden wir mal! Als mein Stück gespielt wurde, hätten Sie es würdigen sollen.

Sinsheimer: Das habe ich doch getan. Für einen Kritiker, der weiß, was los ist, sind Sie gegenwärtig der deutsche Dramatiker. Unsere Literatur macht einen Höhenflug seit Ihrem Auftreten. Wer das nicht einsieht, gehört glatt ins Konzentrationslager.

Goebbels: Für Sie war es aber Zeit, es einzusehn. Ich weiß noch: die nationale Erhebung war schon in vollem Gang, da setzten Sie noch immer auf die Kulturbolschewisten. Sie sind schwer von Begriff.

Sinsheimer: Dafür habe ich Sie dann auch restlos gelobt. Gepriesen hab ich Sie, sobald Sie die Macht hatten. Ganz klein hab ich mich gemacht, weil Sie so ein gewaltiger Redner waren und die Massen fest in der Hand hielten. Ihrem Zauber ist nicht zu widerstehen. Das hab ich erst voll begriffen, als es sich herumsprach, daß Sie meine Zeitung enteignen würden.

Goebbels: Ihr Glück! Von gestern auf heute haben Sie sich gleichgeschaltet. Wenn ich denke, wie oft Sie sich haben freiwillig demütigen müssen! Andauernd haben Sie von Ihrer Eigenliebe und

Selbstachtung etwas nachgelassen, und schließlich ist der ganze alte Mensch futsch, der mal achtbar gewesen sein soll! Es macht mir noch nachträglich einen ungeheuren Spaß. Darum bin ich so gnädig und spreche mit Ihnen.

Sinsheimer: Am geweckttesten hab aber doch ich es gemacht. Ich hab es fertiggebracht, in dem jüdischen „Tageblatt“ sitzen zu bleiben, als es nationalsozialistisch geworden war. Das hätten Sie mir selbst nicht zugetraut.

Goebbels: Auch Zufälle haben Ihnen geholfen, zum Beispiel ein telefonischer Anruf von einem Ihrer alten Freunde. Als die Marxisten noch herrschten, war er einer der geistigen Führer, und Sie pflegten seine Freundschaft. Natürlich war er getürmt. Meine hochgewachsenen, blonden Heldenjungen sind bei ihm zu spät gekommen, nie werde ich es mir verzeihn.

Sinsheimer: Hätten Sie ein Wort gesagt, den würde ich Ihnen in die Hände gespielt haben.

Goebbels: Das glaube ich Ihnen. Ich habe Sie am Telefon belauscht. Sie können sich denken, daß Ihre Gespräche abgehört wurden. Ich hatte Befehl gegeben, mich einzuschalten, wenn Ihr Freund anriefe. Wie Sie mit ihm Schluß machten, weil er jetzt für Sie eine Belastung war: das ging eins zwei drei und ließ an Schamlosigkeit nichts zu wünschen. So etwas kitzelt mich angenehm, sogar nachträglich. Darum habe ich Sie auf Ihrem Posten gelassen. Ich habe Verräter gern. Man hält sie besser in der Hand als ehrliche Leute.

Belling, Mitglied der Preußischen Akademie der Künste, zu Pfitzner, ihrem Präsidenten: Sie verlangen, ich soll mein Amt niederlegen. Dann würde ich kein Meisteratelier mehr leiten, ich hätte keine Bezüge mehr. Ich säße auf der Straße!

Pfitzner: Nur ruhig, lieber Freund! Hier werden recht trinkbare Erfrischungen gereicht.

Ein SA-Mann bietet Getränke an.

Pfitzner: Werden Sie sich über Ihre Lage klar, lieber Belling! Ungestraft heiratet man keine Jüdin. Ich habe das nicht getan, dies Verdienst kommt zu meinen anderen hinzu.

Belling: Wenn es nicht Ihr einziges ist. Sonst sind Sie nicht grade erstklassig, weder als Komponist noch als Dirigent. Ich schließe mich voll und ganz der Meinung an, die Sie von sich selbst haben.

Pfitzner: Sie irren. Ich bin ein deutscher Meister. Aber Glück muß man haben, und der Direktor der Städtischen Oper war Marxist. Ich wurde sein Nachfolger, das war mein Recht, und ebenso konnte ich mich auf jedes Orchester stürzen, dessen Leitung einem jüdischen Kapellmeister entzogen worden war. Sehen Sie: worauf es ankommt im Leben, das ist Reinheit.

Belling: Durch meine Ehe bin ich verjudet; die Tatsache besteht nun mal. Wenn ich mich nur bis zu dem Hausherrn durchschlängeln könnte! Ich sehe ihn nirgends mehr. Der Andrang ist zu groß. All die Bittsteller, die ihn belagern!

Pfitzner: Da kommt er zurück, er hat sich nur umgezogen. Was allerdings Ihre Sache betrifft, wird mit ihm nichts anzufangen sein. Machen Sie sich keine leeren Hoffnungen!

Göring durchschreitet die Säle, damit die Gäste ihn bewundern können. Hierauf füllt er ganz allein den Vordergrund und hält seinen in eine zweite Phantasieuniform gekleideten Riesenleib den photographischen Apparaten hin.

Göring, zu den eifrig beflissenen Journalisten: Merken Sie sich, was ich für eine Arbeitsfähigkeit habe und wie glänzend meine Gesundheit ist! Heute habe ich den ganzen Tag mit meinen Kollegen vom Reichskabinett beraten, alle Einzelheiten wegen der Unfruchtbarmachung der Minderwertigen. Sämtlich kommen sie dran, Juden und Marxisten. Das war meine Idee. Die nationale Regierung dauert ewig, sie braucht nur alle ihre Feinde unfruchtbar zu machen.

Er fährt in seiner Rede fort mit donnernder Stimme.

Belling: Auch ich hab eine Idee, wie ich mich halten kann in meiner Stellung.

Pfitzner: Ihre jüdische Frau soll Ihnen verziehen werden? Das machen Sie sich wieder ab!

Belling: Sie werden es erleben, bei seinem nächsten Kostümwechsel. Ich werde mich ranhalten.

Er enteilt höchst geschäftig.

Goebbels folgt Göring mit Blicken voll Eifersucht und Haß: Der ist kein Doktor der Philosophie. Das merkt man an all den anspruchsvollen Albernheiten, die er zwischen zwei Morphiumspritzen von sich gibt. Erstens mal habe ich allein die ganze Unfruchtbarmachung aufgebracht. Außerdem denkt er doch gar zu wenig an sich selbst, während er von den Minderwertigen spricht. Wenn schon Unfruchtbarmachung zwecks Reinigung und Kräftigung der Rasse, dann wäre es nicht so übel, den ersten Versuch an einer offiziellen Persönlichkeit vorzunehmen.

Sinsheimer mustert den armen kleinen Krüppel mit dem nervös verzerrten Gesicht, das gespalten wird von einem ungeheuren Mund: Beinahe bin ich Ihrer Ansicht.

Goebbels zuckt auf, seine Stimme wird tief und kränklich: Das hab ich verstanden. Ich bin nämlich der am wenigsten Dumme aus der Bande. Sie kenne ich schon lange, Doktor Sinsheimer; Sie wissen es nur nicht. Als ich noch nichts als ein kleiner erfolgloser Literat war, las ich Ihre Kritiken über die Arbeiten meiner begabteren Kollegen. Mich beachteten Sie gar nicht, damit haben Sie mir den Haß beigebracht; und dem Haß verdanke ich mein ganzes Talent.

Sinsheimer: Sie machen mich stolz, Herr Minister. Das Vertrauen eines mächtigen Mannes ist ein Geschenk der Götter. Der Fall kann sogar eintreten, daß man es in Gebrauch nimmt.

Goebbels: Das hab ich auch wieder verstanden. Sie haben den Vorsatz, Enthüllungen über mich loszulassen und mich zu verraten, sobald Sie kommen sehen, daß ich gestürzt werde. Auf diese Weise erreichen Sie dann Ihre Aufnahme bei den Kommunisten, falls die uns besiegen. Die Wege haben wir ihnen geebnet. Darauf rechnen Sie lieber nicht, Doktor Sinsheimer! Wären Sie auch Weltmeister unter den Verrätern, mich liefern Sie nicht ans Messer. Ich war früher da und habe dafür gesorgt, daß Sie in der ersten Schicht mit drin sind bei dem großen Gemetzel, das die Geschichte uns sicher noch vorbehält.

Sinsheimer: Sie werden aber auch dabei sein.

Goebbels: Das entspricht meiner heroischen Weltanschauung. Ich will die deutsche Erhebung und meine glücklich erreichte Versorgung nicht überleben. Ich werde aufrecht zu sterben wissen, gleich wie Nero, Heliogabal und Jannings, in einem Film, dessen Titel mir nicht einfällt.

Sinsheimer: Sie meinen doch nicht Charlie Chaplin?

Sie werden unterbrochen durch den aufsehenerregenden Einzug des Hausherrn. Dieser trägt jetzt nicht nur eine dritte Phantasieuniform. Er hat auch einen großen Purpurmantel umgehängt. Der bewegliche Strahl einer Jupiterlampe taucht ihn in tragisches Licht. So durchschreitet er die schnell gebildeten Reihen der Gäste. Alle sind vom Schrecken starr angesichts der unerbittlichen Majestät der Erscheinung. Sein schwerer Schritt würde jeden zermalmen, der ihm im Weg stände. In seinem breiten, bleichen und sturen Gesicht sind die kleinen grausamen Augen auf künftige Schlachtopfer gerichtet.

Belling, Mitglied der Preußischen Akademie der Künste, geht dicht hinter Göring und flüstert ihm ins Ohr: Nehmen Sie auch das Schwert! Grade hab ich es selbst gebaut, mit Hilfe Ihrer Haushaltsgeräte. Es ist aus Holz, ich habe es bronziert. Einen Vorhang habe ich abgerissen und Ihnen daraus einen Mantel gemacht; der entspricht endlich Ihrer hohen Würde.

Göring: Geben Sie her das Schwert! Ich sehe, Sie verstehen mich. Was bin ich?

Belling: Sie sind geistig gesund. Ich kann es beschwören.

Göring: Endlich ein Mann! Sie dürfen um eine Gnade bitten. Sie wird bewilligt werden.

Belling: Dann bitte ich um den Kopf dieser kleinen Schlange von Pfitzner. Können Sie sich vorstellen, daß der die Frechheit hat und will mich um mein Amt bringen?

Göring: Mit diesem Schwert werde ich ihn treffen an der Stelle, wo er es verdient.

Pfitzner: Das ist Belling, der hat eine Stelle, wo er es verdient. Er hat eine Jüdin geheiratet!

Göring: Wie! Und er wagt sich blicken zu lassen in meiner hehren Gegenwart!

Belling: Sie hatten mir eine Gnade versprochen.

Göring: Gnade ausgeschlossen! Der Mann einer Jüdin!

Belling, nach verzweifelter Selbstüberwindung: Dann will ich nur gestehen, daß ich nicht mehr kann und seit fünf Jahren nicht mit ihr verkehrt habe.

Göring: Geht in Ordnung. Überhaupt bin ich unbeschränkter Herr über die Menschengeschicke. Pfitzner, ich setze Sie ab. Belling tritt an Ihre Stelle.

Belling: Siegheil! Ich bin Präsident der Preußischen Akademie der Künste. Und ich mache das Reiterstandbild des riesigsten der Deutschen, mit dem Richtschwert!

Pfitzner, einer Ohnmacht nahe: Wenigstens wird er doch nicht mein Orchester führen. Er ist ja Bildhauer!

Göring: Erst recht wird er es führen. So wie ich Deutschland.

In einer schreckenerfüllten Stille setzt er seinen Weg fort und hält seinen Riesenleib den photographischen Apparaten hin.

Hitler bei Hindenburg

Hindenburg sitzt und weint.

Sein Sohn Oskar: Vater, weine mal nicht! Hitler ist da.

Hindenburg weint.

Sein Sohn Oskar: Nun ist's aber genug, Vater. Hysterisch sind schon die andern. Denke dran, daß wir preußische Offiziere sind!

Hindenburg: Du vielleicht. Ich komme mir bald vor wie'n Zivilist. Unglaublich, was der Mensch aushält, bevor er abhaut.

Sein Sohn Oskar: Bist du so weit, daß Hitler reinkommen kann?

Hindenburg: Darf ich ihn noch anschnauzen?

Sein Sohn Oskar: Es kommt drauf an, was er in der Hand hat.

Hindenburg: Harte Gegenstände? Ach, mein Sohn! Mein Sohn! Das kommt alles von deiner Geschäftstüchtigkeit.

Sein Sohn Oskar: Nicht wieder anfangen!

Hindenburg: Na laß den österreichischen Gefreiten rein!

Hitler, in stummer Ehrfurcht über die Hand des greisen Feldmarschalls gebeugt.

Hindenburg: Schießen Sie los, Herr Hitler!

Hitler: Herr Feldmarschall, ich habe die Ehre, mich tief zu neigen vor dem guten Geist des Vaterlandes.

Hindenburg: Guter Geist – das bin wohl ich? Vaterland! Ach ja, Ihres ist Österreich. Was macht es denn? Haben Sie es endlich erobert? Der Feldzug wird verschleppt, ich weiß, was dabei herauskommt.

Hitler: Es ist ein unglückliches Land, in den Händen von Ausländern.

Hindenburg: Ja, das ist unser Preußen allerdings.

Hitler: Ich mein halt Österreich. Dorten wirft der Kommunist allweil Bomben. Dö wir'n no kimma. Die werden noch kommehn wern die noch. Hier bei ins hats keine Marxisten nicht mehr und auch ansonsten hats nix mehr. Aber schon gar nix! Das hab ich nicht nottwendick!

Hindenburg: Abstellen die olle Walze! Alle Parteien verbieten, so'n Blödsinn!

Hitler: Schon mein Vorgänger tat einen Ausspruch von mir: Ich kenne keine Parteien mehr.

Hindenburg: Ihr Vorgänger? Der gute Ebert, der mir so schön geholfen hat, als die Muschkoten Aufstand machten.

Hitler: Erlaubens! Mein legaler Vorgänger ist Wilhelm von Gottes Gnaden Deutscher Kaiser.

Hindenburg: Den mochte ich auch nicht.

Hitler: Jeder muß Opfer bringen.

Hindenburg: Früher bloß die andern. Heute soll ich mir von einem knieweichen österreichischen Gefreiten –. Strammstehn!

Hitler steht stramm: Mir wer'n kan Richter brauchn.

Hindenburg hat sich überanstrengt, sinkt in seinen Sessel, murmelt: Ich opfere mich ausgerechnet dem Vaterlande.

Hitler, die Führung ergreifend: Ich auch. Sonst hätt ich Ihr altes Knochengerüst schon längst ins Erbbegräbnis abgeschoben. Nur bei die dalketsten Teppen brauch ich Sie noch.

Hindenburg, stöhnend: Wo ist mein Papen hingekommen! Der konnte deutsch und hatte Kinderstube.

Hitler: Das könnens auch von mir haben. Ich bin von keiner proletarischen Herkunft nicht. Aus bürgerlichem Geschlecht entsprossen –.

Hindenburg: Herr Malermeister!

Hitler: Herr Feldmarschall! Sie habens den Weltkrieg gewonnen. Weil ich's den Leuten hab eingeredt!

Hindenburg: Zur Sache! Ich will im Kyffhäuserbund sprechen.

Hitler: Kann nicht gestattet werden.

Hindenburg: Warum nicht?

Hitler: Staatsinteresse.

Hindenburg: Quatsch. Staatsinteresse sind bloß Sie persönlich.

Hitler: Alstern wer will noch behaupten, daß Sie verblödet sind!

Hindenburg: Sie haben meine Deutschnationalen aufgelöst. Ich höre, daß ich Herrn Hugenberg entlassen haben soll. Den mochte ich übrigens auch nicht. Aber wo ist mein Papen? Schon verhaftet?

Hitler: Soll erst noch stattfinden, zur Beruhigung der gesamten Bevölkerung.

Hindenburg: Und mich wollen Sie nicht sprechen lassen? Dann protestiere ich öffentlich.

Hitler: Sie wer'ns Ihnen überlegen. Die Geschicht mit die zwa Milliarden Osthilfe is allweil noch unbereinickt. Wer verkriecht sich denn dorten im Dunkeln, hinter die Inneneinrichtung? So was, der Herr Sohn! Habe die Ehre, Herr von Sohn!

Hindenburg: Ehre, wenn ick det Wort heere, wird mir anders. Ihre ausländischen Raffinessen, Herr Hitler, versteht kein preußscher Offßier. Als ehrlicher Soldat hab ich gelebt. Als ehrlicher Soldat will ich zu meinen Vätern eingehn.

Hitler: Eingehn ist in meinem Sinn, Herr Feldmarschall.

Hindenburg: Mir dämmert man bloß, als ob meine Ehre einen Knacks weghat, seit Sie da sind, Meister.

Hitler: Schon vorher, Herr Feldmarschall, schon vorher. Aber dafür habens den Hitler. Wem Ehre gebührt, dös bestimm i! Ihnen sind die kolossalsten Trauerfeierlichkeiten sicher, was je da warn. Machen's nur schon!

Hindenburg: Ich weiß, was mir zu tun bleibt.

Hitler, Abschied nehmend: In Ehrfurcht neige ich mich vor dem guten Geist des Vaterlandes.

Hindenburg: Meinen Fußtritt in den Hintern, Meister!

Allein geblieben: Wo ist denn nur –?

Sein Sohn Oskar: Alle Schußwaffen sind aus deiner Nähe entfernt, Vater.

Hindenburg sitzt und weint.

Der Zeuge

Kommandoruf: Klenau vortreten!

Ein junger blonder Mann, bleich, noch anständig gekleidet, tritt zum Richtertisch.

Ein Assessor, dreiundzwanzigjährig, mit Monokel und Schmissen: Warum wird der Bursche vorgeführt?

Der Zeuge: Den Ton haben Sie sich schnell wieder angelacht.

Der Assessor: Herr Landgerichtsrat, der Angeklagte erlaubt sich gegen mich Frechheiten. Ich mache Sie aufmerksam auf die Folgen –.

Der Richter: Wenn in Ihrem Protokoll Fehler vorkommen. Der Herr ist als Zeuge geladen.

Der Assessor: Ach so. Sie wünschen den Ton aus der Zeit der Genossen aufrechtzuerhalten.

Richter: Zeuge, Sie heißen Klenau, sind dreiundzwanzig Jahre alt. Beruf?

Der Zeuge: Mechaniker. Lebe von fünf Mark vierzig wöchentlicher Unterstützung und dem Essen, das meine Großmutter mir gibt.

Der Assessor: Die Großmutter ist natürlich eine Braut.

Der Richter macht dem Zeugen ein Zeichen, sich ruhig zu verhalten: Sie sollen aussagen in der kommunistischen Mordsache. Ein Schupomann und der SA-Mann Maikowsky sind die Opfer des Überfalls der Kommunisten auf ein Lokal, das der Schupomann zu schützen hatte. Sie haben den Überfall mit angesehen?

Der Zeuge: Augenblick. Das stimmt alles gar nicht.

Der Richter, schnell: Klenau, überlegen Sie sich, was Sie sagen müssen!

Der Assessor: Auch schon zu spät.

Der Zeuge: Herr Richter, ich stehe hier schon das fünfzehnte Mal und sage immer dasselbe. Ich hatte mich freiwillig gemeldet, weil zweihundert es wissen, und einer muß doch die Wahrheit sagen. Geschossen haben natürlich die Nazis.

Der Assessor: Ich würde den Burschen fragen, ob er nicht Marxist ist.

Der Zeuge: Genauso, wie Sie Nazi sind.

Der Richter: Und ich Richter. Beide Herren stehen in demselben jugendlichen Alter.

Der Assessor springt auf: Ich verbitte mir ganz energisch jeden Vergleich mit einem geständigen Feind der deutschen Erhebung.

Der Richter: Vergegenwärtigen Sie sich noch einmal den Sachverhalt, Klenau! Im Lokal waren Kommunisten. Stimmt das?

Der Zeuge: Ja. Und die Nazis wollten sie herausholen. Der Schupomann schützte den Eingang mit ausgebreiteten Armen. Ehre seinem Andenken! Er ist ein Opfer der Nazis, obwohl die ihn nachher im Dom aufgebahrt haben, als wäre er von den Kommunisten erschossen. Das ist so ihre Art.

Der Assessor, laut: Ich protestiere und nehme das selbstverständlich überhaupt nicht zu Protokoll.

Er schlägt auf den Tisch. Sofort wird außerhalb des Vernehmungszimmers von ungefähr dreißig Kehlen das Horst-Wessel-Lied angestimmt.

Der Richter senkt die Schultern, liest in den Akten, solange der Gesang dauert. Endlich setzt er, matter als vorher, das Verhör fort: Sie sagen, daß der Schupomann die Arme ausgebreitet hielt. Aber erschossen wurde er doch aus dem Lokal, von den Kommunisten?

Der Zeuge: Herzschuß, von vorn. Kam fast kein Blut. Sofort war ihm auch die Uniformjacke ausgezogen und sein Dienstrevolver abgenommen. So ergeht es den früheren republikanischen Beamten, Herr Richter.

Der Assessor: Das hätte ich gradesogut sagen können.

Der Richter ist aschfahl geworden: Ich ermahne Sie dringend, Zeuge, bei der Sache zu bleiben. Erschossen ist nicht nur der Schupomann, sondern ebensogut auch der SA-Führer Maikowsky. Dieser Schuß kann doch bestimmt nicht auf der Straße gefallen sein. Der ist aus dem Lokal gekommen.

Der Zeuge: Tut mir leid, Herr Richter. Die Kommunisten waren durch den hinteren Ausgang geflüchtet. Dann ist Maikowsky von seinen SA von rückwärts erschossen worden. Er war verhaßt.

Der Assessor, schlägt auf den Tisch, schreit: Nun aber Schluß!

Draußen verstärktes Absingen des Horst-Wessel-Liedes.

Der Richter, vorgebeugt, um sich verständlich zu machen: Wollen Sie behaupten, Zeuge, daß Sie auch das gesehen haben? Dann wird es für Sie selbst das beste sein, wenn ich Sie auf Ihren Geisteszustand untersuchen lasse.

Der Zeuge: Laden Sie lieber den Sturmführer Hahn vor, der rote Hahn genannt. Der wagt sich nicht unbewaffnet zu seinen Leuten und läßt sie immer alle vorgehn. Der ist der nächste.

Der Richter: Nochmals und zum letzten Mal, überlegen Sie es sich! Der Herr Assessor hat nicht mitgeschrieben, Sie können ebensogut alles umgekehrt angeben. Ist einer Ihrer Verwandten im Irrenhaus?

Weit vorgebeugt: Ich möchte Sie retten. Helfen Sie mir!

Der Zeuge: Ich kann nicht.

Der Richter: Sie sind deutschstämmig. Sie gehören auf die richtige Seite. Das ist die nationale Erhebung.

Der Zeuge: Hoch die soziale Revolution!

Der Richter: Schade.

Er richtet sich auf und spricht kalt: Ich muß Sie verhaften.

Der Assessor klemmt das Monokel ein: Viel zu spät, Herr Landgerichtsrat. Hat keinen Zweck mehr. Auch für Sie nicht.

Der Assessor verläßt das Zimmer. Draußen bricht der Gesang ab.

Der Richter sucht vergebens nach Worten: Sie werden jetzt –. Ich werde jetzt –.

Der Zeuge: Danke, Herr Richter. Sie können mir bloß noch sagen, daß ich dort hinausgehn soll.

Er geht aus der Tür. Sie schließt sich.

Der Richter hält sich den Kopf. Plötzlich fährt er auf; er hat einen Aufschrei und den Fall eines Körpers gehört.

Der Richter: Der kommt nicht wieder. Oder vielleicht doch – später mal? In anderer Gestalt. In tausend Gestalten. Unzählige Zeugen! Unzählige Zeugen!

CPSIA information can be obtained
at www.ICGtesting.com
Printed in the USA
LVHW052107080223
739020LV00008B/485

9 783988 28879